Helmut Bolay

Susie

Erster Rutesheimer Stadtkrimi

Herstellung und Verlag: Books on Demand GmbH, Norderstedt

ISBN-13: 9783837087956

Eigentlich fing alles harmlos an. Es war ein sonniger Nachmittag Ende Juni, ein Donnerstag, bestimmt 28 Grad in der Sonne. Es wollte einfach kein richtiger Sommer werden, es war sehr unbeständig, heftige Gewitter. Vor dem einzigen Cafe in Rutesheim, dem Ort, wo ich wohne, genossen mehrere Menschen den sonnigen Nachmittag. Ja an diesem Tag war es noch Ort, aber am Abend kam sogar der Ministerpräsident zur feierlichen Überreichung der Ernennungsurkunde, Rutesheim wurde Stadt. Ich hatte mir kurzfristig früher frei genommen. Ich musste mich etwas erholen. Am Abend vorher hatte Deutschland mit einem Sieg über die Türkei das Endspiel der Fussball-Europameisterschaft erreicht und danach wurde dieses Ereignis im Vereinsheim noch kräftig begossen. An diesem Abend wollte ich erst noch zu der Verleihungsfeier und anschließend das zweite Halbfinale im Vereinsheim anschauen. Und solche Abende endeten meist später. Ich wollte mich eigentlich ein wenig hinlegen, aber die Sonne zog mich magisch ins Freie.
Ich setzte mich an einen freien Tisch und bestellte mir einen Cappucino. Die anderen Gäste und die vorbeigehenden Menschen beobachtend, saß ich einfach nur da und war guter Stimmung. Sie war nicht das erste hübsche Mädchen, das durch die Fußgängerpassage geschlendert kam, aber sie war die Erste, die mir freundlich zulächelte. Ich schätzte ihr Alter nicht, da ich sowieso immer daneben lag. Bestimmt über 20, aber noch weit vor 30. Ich lächelte zurück und nickte ihr freundlich zu. Sie ging weiter und bog am Ende der Passage ab. Ich hatte sie fast schon vergessen, als sie wieder um die Ecke kam und direkt auf mich

zusteuerte.

„Entschuldigen sie, könnten sie mir vielleicht behilflich sein?"

Das gleiche hübsche Lächeln, wie einige Minuten zuvor, fesselten meinen Blick an ihr Gesicht. Deshalb wohl antwortete ich ihr nicht sofort, sondern sah sie mehr fragend, aber, wie ich glaubte, freundlich an.

„Entschuldigen sie, dass ich sie einfach so anspreche", fügte sie dann noch hinzu.

„Das macht nichts, wenn ich immer so freundlich angesprochen würde, wäre das Leben noch lebenswerter. - Setzen sie sich doch. - Oder haben sie es eilig?"

Sie schaute auf die Uhr und ließ sich dann auf dem freien Stuhl neben mir nieder.

„Wollen sie etwas trinken? Ich lade sie ein."

„Ja, danke. Einen Kaffee vielleicht."

„Auch Kuchen oder Torte?"

„Schmeckt das gut hier?"

„Ja, sehr gut, alles selbst gemacht."

„Dann vielleicht ein Stück Käsesahnetorte."

Ich bestellte beides und mir noch einen Cappucino.

„Nun zu ihrem Problem", wandte ich mich wieder ihr zu.

„Problem? - Ach so, ja. Also, der Arzt hat mir eine Brille verschrieben. Ich kann mich an den Gedanken eine Brille zu tragen noch gar nicht gewöhnen, aber ich brauche sie wohl. Beim Lesen erkenne ich die Buchstaben kaum noch. Die Bildzeitung, das geht noch, zumindest die Überschriften."

Wieder schaute sie mich mit ihrem offenen, strahlenden Blick an. Mit jedem neuen Lächeln hatte ich das Gefühl, dass sie mir vertrauter wurde. Man lernt ab und zu solche Menschen kennen, die einem, obwohl noch nie zuvor gesehen, sofort vertraut und vertrauenswürdig erscheinen, ein Gespräch kann dann aber diesen Eindruck oft sehr schnell wieder zerstören. Nicht jedoch bei der jungen Frau, die jetzt neben mir saß.

„Eine Brille macht sie bestimmt noch hübscher, als sie schon sind."

„Meinen sie?" wieder das Lächeln.

„Bestimmt."

„Aber nur wenn man die Richtige nimmt und der Optiker hat mir so viele gezeigt, dass ich mich beim besten Willen nicht entscheiden konnte und da dachte ich, ob sie mir vielleicht ...?", schaute sie mich fragend an.

„Warum gerade ich?"

„Ach. - Einfach so. - Ich kenne sonst niemand hier."

„Sie kennen mich?"

„Nein. Ich habe mich falsch ausgedrückt. Ich kenne hier niemanden und sie haben mir wenigstens freundlich zugenickt vorhin, aber wenn sie nicht wollen ..."

„Ich helfe ihnen gerne. Übrigens, ich heiße Gerd, Gerd Merl."

„Ich bin die Susie. - Du?"

„Ja. Sicher."

Inzwischen hatte die Bedienung die Bestellung gebracht.

„Wohnst du hier?"

Kein Lächeln mehr, ernst blickte sie mich mit ihren dunklen Augen an.

„Ich bin die Susie, ich bin jetzt hier, wir trinken Kaffee, essen Torte, anschließend, wenn es dir nichts ausmacht, suchen wir für mich eine Brille aus. Können wir es dabei belassen?"

Sie wollte nichts über sich erzählen. Etwas geknickt war ich schon, nachdem ich gerade angefangen hatte, mich in sie zu verlieben. Aber so einfach wollte ich nicht aufgeben.

„Darf ich dich wenigstens fragen, was du heute Abend vorhast?"

„Bis jetzt nichts. Warum?"

Jetzt lächelte sie wieder.

„Ach, ich dachte, dass wir heute Abend ausgehen könnten. Zum Essen oder sonst wohin."

„Hast du gedacht?"

„Ja."

„Na schön, schauen wir einmal, wie das mit der Brille klappt, dann sehen wir weiter."

Sie beeilte sich die Torte zu essen und den Kaffee auszutrinken und drängte zum Aufbruch. Beim Optiker probierte sie mehrere Brillen auf und wollte zu jeder von mir einen Kommentar. Das Modell, für das sie sich entschied, stand ihr nicht unbedingt am besten, aber es war von den zu ihrem Typ passenden das Billigste.

„Das nehme ich. Ist die nicht hübsch?"

„Ja schon, aber ..."

„Kein aber, ich hab es nicht so üppig. Kann ich die gleich mitnehmen?"

Der Optiker erklärte ihr, dass er die Gläser erst anfertigen müsste, frühestens übermorgen gegen 11.00 Uhr seien sie fertig.

„Schneller geht es nicht?"

„Nein tut mir Leid. Wenn sie es in einem anderen Geschäft versuchen wollen, - aber auch dort wird es kaum schneller gehen."

„Ist schon gut so. Ich nehme sie."

Susanne Merder konnte ich auf dem Rezept erkennen, ihre

Anschrift leider nicht.

„Wo und wann treffen wir uns heute Abend?", fragte sie mich als wir wieder am Cafe vorbei schlenderten.

„Am besten hier um sieben Uhr", antwortete ich überrascht.

„Tschüs, bis dann."

Sie ließ mich einfach stehen und ging in die Richtung fort, aus der sie gekommen war. Zuerst wollte ich ihr nachlaufen, aber ließ es dann sein, als mir ihr ernstes Gesicht wieder einfiel, vorher, als ich sie nach ihrem Wohnort fragte.

Ich machte mir keine große Hoffnung, dass ich sie am Abend wiedersehen würde, bestimmt hatte sie mich nur nach dem Treffpunkt gefragt, um mich schnell loszuwerden. Ich hatte sie hier noch nie gesehen, alles deutete darauf hin, dass sie auf der Durchreise war. Irgendwie hatte sie es eilig, wieder fort zu kommen, am liebsten hätte sie die Brille ja gleich mitgenommen.

Nachdem Susie um die Häuserecke meinem Blickfeld entschwunden war, blickte ich auf die Uhr, es war kurz vor 17.00 Uhr. Dann musste ich den Abend wohl umplanen. Ich hatte noch genügend Zeit bis 19.00 Uhr, also beschloss ich, im Seebeck noch ein Bier zu trinken. Es sind dann zwei geworden, da ein Bekannter mir ausgiebig den letzten Klatsch von unserem Fußballverein erzählte. Die hatten diese Saison den Aufstieg in die Verbandsliga geschafft.

Ich musste mich beeilen, wenn ich pünktlich zum Treffpunkt mit Susie kommen wollte, schließlich musste ich mich noch umziehen und eine Dusche schadete nie, vor allem nicht, wenn man sich mit einer Frau trifft.

2

Gehofft hatte ich, geglaubt hatte ich es eigentlich nicht, dass sie da sein würde. Aber sie stand da, das gleiche Lächeln. Ich fand sie noch hübscher, am Liebsten hätte ich sie umarmt, aber außerdem du blieb zunächst die Distanz.

„Schön, dass du gekommen bist."

„Ich habe dies doch versprochen."

„Ja, schon, aber ich dachte du wolltest mich nur schnell loswerden."

„Hast du Minderwertigkeitskomplexe?"

„Ich? Nein! Wieso?"

„Ich dachte nur. - Wo wollen wir hingehen?"

Verdammt, ich hatte vergessen in einem Lokal einen Platz zu reservieren, um diese Zeit war vielleicht überall voll. Ich überlegte krampfhaft, wo man gut essen und gemütlich sitzen konnte.

„Gehen wir zuerst essen?"

„Ja, gern, ich hätte schon Hunger."

Sie sollte entscheiden, vielleicht hatte sie eine Lieblingsspeise, hoffentlich würde mir dann auch das jeweils passende Lokal dazu einfallen.

„Was isst du denn gerne? Italienisch, griechisch, chinesisch, schwäbisch, spanisch, gut bürgerlich, exklusiv ...?"

Hoffentlich nicht spanisch, es war schon Jahre her, dass ich in Stuttgart spanisch essen war, ich wusste überhaupt nicht, ob das Lokal noch existierte und in Leonberg hatte der Spanier schon vor Jahren aufgegeben.

„Warum gehen wir nicht einfach hier hinein, der Kuchen gegenüber war sehr gut, wenn die auch so gut kochen ..."

„Warum eigentlich nicht."

So einfach war das. Wir standen ja direkt vor dem Lokal. Den Wirt kannte ich, das Essen war in Ordnung. Die meisten Gäste auch, ich hatte erst vorhin hier mein Bier getrunken. Nur - ungestört in einer lauschigen Ecke sitzen und die Zweisamkeit genießen, das ging hier nicht, zu viele kannten mich. Entsprechend war die Begrüßung. Einige wollten gleich wissen, wen ich da mitgebracht hatte. Sie lächelte nur und schaute mich fragend an, anscheinend war ihr dies alles nicht so angenehm. Der Wirt gab uns einen Tisch im Nebenzimmer, dort saßen nur wenige Gäste. Im Haus ist auch ein Hotel untergebracht, sicher übernachteten diese hier. Die Bedienung war nicht so freundlich wie sonst, sie störte es immer, wenn ich mit einer anderen Frau da war, sie hätte es gerne gehabt, wenn ich mit ihr ein Verhältnis eingegangen wäre. Aber irgendwie kam es nie dazu, irgendwie war ich immer der Meinung, dass sie nicht ganz in mein Beuteschema passen würde. Passte Susie? Lange braune Haare, dunkle Augen und wie ich jetzt fand, einen sehr sinnlichen Mund. Etwas schlanker, weniger Oberweite als Anja, die Bedienung. Aber wenn ich beschreiben müsste, wie meine ideale Frau aussehen müsste, ich könnte es nicht, hübsch und man musste sich mit ihr gut unterhalten können.

Irgendwie kam kein Gespräch in Gang, immer nur Belangloses. Nach meinen negativen Erfahrungen am Nachmittag, wollte ich nicht noch einmal Privates ansprechen. Sie wollte anscheinend nicht darüber reden, also akzeptierte ich das.

Nach einem zarten schwäbischen Rostbraten mit Spätzle und Blaukraut betrachtete ich sie genüsslich. Auch ohne viele Worte war ihre Anwesenheit sehr angenehm.

„Nun?"

„Was nun?"

„Du sagst überhaupt nichts mehr."

„Ich betrachte dich, du bist sehr schön."

Ich beobachtete sie, ob sie leicht verlegen würde oder sonst eine Regung zeigte, aber sie lächelte nur und blickte mich weiter an.

„Was denkst du?"

„Willst du das wirklich wissen?"

„Ja, sonst hätte ich dich doch nicht gefragt?"

„Ich weiß nicht, ich kenne dich noch nicht so gut."

„Noch nicht. Heißt das, du willst mich noch besser kennen lernen?"

„Eigentlich schon, genau das möchte ich."

Jetzt war ich gespannt. Würde sie das Gespräch wieder abbrechen, wie am Nachmittag? Das Lächeln wich jedenfalls aus ihrem Gesicht.

„Wozu Gerd? Ist das so wichtig? Ich bin jetzt heute hier, wer weiß was morgen ist. Können wir nicht über das Wetter oder Fußball oder irgendetwas sonst reden oder in eine Disco zum Tanzen gehen, da braucht man nicht so viele Worte. Ist es so wichtig für dich zu wissen, wer ich bin? Genügt es dir nicht einfach, dass ich Susie heiße und da bin? Oder soll ich jetzt gehen, ich kann mein Essen auch selbst bezahlen."

Wieder der fragende Blick. Eigentlich wusste ich nicht, was ich ihr entgegnen sollte, ich wusste nur, dass ich mit ihr diesen Abend zusammen sein wollte. Einfach so. Behutsam legte ich meine Hand auf ihre Hand, die sie auf dem Tisch liegen hatte, sie nahm sie nicht weg.

„Nein."

„Was, nein?"

„Nein, du sollst nicht gehen, nicht selbst bezahlen, nichts über dich erzählen. - Gehen wir in eine Disco?"

Diesmal kam das Lächeln nicht gleich zurück, sie schaute mich nur an. Überlegte anscheinend und nahm dann ihre Hand unter meiner weg.

„Gut gehen wir in eine Disco. Ist hier im Ort eine?"

„Nein, wir müssen ein paar Kilometer fahren, mein Auto steht gleich um die Ecke."

Ich bezahlte und wir tranken aus. Ich tat ihr den Gefallen und redete nur über das Wetter. Anscheinend amüsierte sie dies, denn sie wurde zunehmend wieder so fröhlich wie zuvor. Beim Verlassen des Lokals hackte sie sich bei mir unter und ich hatte das Gefühl, als würde sie sich an mich schmiegen. Ich unterließ es aber meinen Arm um sie zu legen, mein letzter Eindruck konnte auch nur Einbildung sein und später ergab sich sicher eine Möglichkeit, dies besser fest zu stellen.

Wir sprachen den ganzen Abend nur über das Wetter und entwickelten dabei sehr viel phantasievollen Gesprächsstoff, wenn uns einer zugehört hätte, er hätte bestimmt gemeint, er hätte es mit zwei Verrückten zu tun oder aber mit zwei Verliebten, die können auch so verrückt sein. Wir kamen uns näher. Nachdem wir wieder einmal außer Atem die Tanzfläche verließen und der Diskjockey gerade ein Lied der Söhne Mannheims spielte, fand ich es an der Zeit, sie einfach, wenigstens versuchsweise, in die Arme zu nehmen und zu küssen. Sie wehrte sich nicht, aber sie reagierte zunächst auch nicht. Sie sah mich wieder mit demselben ernsten, wie ich jetzt fand, traurigen Blick an und legte dann plötzlich ihre Arme um mich. Den Kuss, der dann folgte, werde ich lange nicht vergessen. Sie drängte sich an mich und ich mich an sie. Fast vergaßen wir, dass wir in einer Diskothek unter vielen anderen Menschen standen. Aufgefallen sind wir sicher nicht, der Diskjockey hatte gerade seine langsamen Lieder ausgegraben und es war schon nach Mitternacht. Wir waren nicht die Einzigen, die dastanden und sich küssten.

Mit Scooter holte uns die Wirklichkeit wieder ein. Wir sahen uns an. Sie kämpfte mit einem Lächeln.

„Lass uns gehen", sagte sie dann traurig.

Eng umschlungen gingen wir zu meinem Wagen. Vor dem Einsteigen noch ein inniger Kuss. Auf der Fahrt zurück sprachen wir nichts miteinander. Eigentlich wollte ich sie fragen, ob sie noch mit zu mir kommen würde, aber ich traute mich nicht. Sie schaute stumm vor sich hin und als wir in Rutesheim einfuhren, blickte sie mich von der Seite an. Anscheinend ging es ihr wie mir.

„Lässt du mich bitte dort aussteigen, wo du deinen Wagen vorhin geparkt hattest?!"

„Ja", brachte ich nur heraus.

Als wir hielten, wollte ich sie noch einmal in den Arm nehmen, aber sie gab mir nur einen flüchtigen Kuss und machte dann schnell die Wagentür auf.

„Vergiss mich bitte, vergiss mich bitte schnell wieder. Sag dir, dass du geträumt hast, ich tue es auch. Wir sehen uns nie wieder."

„Aber?"

„Nein! Ich danke dir."

Sie stieg hastig aus und wollte schon die Türe zuschlagen, als sie bemerkte, dass sie ihre Handtasche in meinem Wagen liegen gelassen hatte, also drehte sie sich noch einmal um und schaute mit Tränen in den Augen zur Tür herein nach ihrer Tasche.

„Susie ..."

„Bitte!", flehte sie, „lass mich bitte gehen, mach's gut und vergiss mich bitte schnell."

Sie griff ihre Handtasche, blickte mich noch einmal an und schlug dann die Autotüre zu und ging schnell weg. Wieder folgte ich ihr nicht. Ich saß einfach da, ziemlich niedergeschlagen. Allein gelassen nach einem wunderschönen Traum. Ich rauchte noch mindestens zwei Zigaretten, bis ich endlich nach Hause fuhr und es war nicht nur der Kaffee, der mich in dieser Nacht sehr wenig schlafen ließ.

3

Noch recht müde und richtig niedergeschlagen fuhr ich am nächsten Morgen zur Arbeit. Ich war an diesem Tag nur körperlich anwesend, mechanisch versah ich Routinearbeiten, aber viele solcher Tage konnte ich mir nicht leisten, meine Arbeit wurde dadurch nicht weniger. Pünktlichst verließ ich meinen Arbeitsplatz und stöberte dann durch Rutesheim, immer in der Hoffnung Susie wieder zu sehen. Ich schaute in alle Geschäfte und alle Lokale ab. Mein Suchen war nicht von Erfolg gekrönt. Ich musste mich auch etwas hinlegen, abends wollte ich mein Glück weiter versuchen. Im Rössle trank ich später ein Bier, ich hoffte vielleicht würde sie hier hereinschauen. Nach diesem Bier ging ich aber ins Vereinsheim. Hier erinnerte ich mich zu sehr an Susie. Und die Gäste, die auch schon am Abend zuvor da waren, fragten immer wieder nach der netten Dame und wollten mehr über sie wissen. Nur Anja war ganz besonders freundlich zu mir und fragte nicht nach Susie. Mir war nicht nach Reden zu mute und erzählen konnte ich sowieso nichts, ich wusste ja nur ihren Namen. Und wie sie geküsst hatte, das ging niemand etwas an. Ich überlegte, ob ich noch einmal in alle Lokalitäten schauen sollte, machte mich dann aber nicht auf die aussichtslose Suche. Bestimmt wohnte sie nicht hier, war nur zufällig durch den Ort gekommen und hatte den Optikerladen gesehen. Bestimmt hatte sie einen Freund oder war glücklich verheiratet und der Abend war nur eine Episode, ein Ausrutscher, ein Traum, ein Stück Nichtalltägliches. Susie war nicht die Erste, mit der ich einen schönen Abend verbrachte und verliebt war ich auch schon des Öfteren. Natürlich würde ich mich noch an diesen Abend erinnern, aber das Leben ging weiter, auch ohne Susie. Ich wusste ja nichts von ihr, wer weiß, was sie für negative Wesenszüge entwickelte, wenn wir uns näher und länger kennen würden. Eine gute Figur ist auch nur Fassade, zwar hilfreich, aber doch nicht aussagekräftig genug. Und wenn ich an den vergangenen Tag dachte, der war nicht gerade angenehm, war es besser sie schnell zu vergessen. Bestimmt würde ich an diesem Wochenende wieder eine nette Person kennen lernen. Ich könnte ja auch schon verheiratet sein, die Möglichkeit hätte schon mehr als einmal bestanden, aber mit meinen 28 Jahren wollte ich meine Freiheit, also auch die Freiheit ab und zu eine liebliche Enttäuschung zu erleben.

Den weiteren Abend verbrachte ich beim Kartenspiel. Das Ergebnis waren wieder einmal ein paar Bierchen zu viel und von den vielen Zigaretten leichte Kopfschmerzen, als ich am nächsten Morgen gegen zehn Uhr meine Wochenendration an frischen Brötchen einkaufte.

Ich überlegte beim Frühstück, ob ich irgendetwas dringend erledigen müsste. Meinem Freund Tobias hatte ich versprochen, ihm beim Umgraben seines Gartens zu helfen, aber wenn ich so meine Kopfschmerzen fühlte, dann musste ich diese Hilfeleistung wohl auf das nächste Wochenende verschieben, obwohl, frische Luft würde mir bestimmt nicht schaden. Ich verschob die Entscheidung zunächst. Nach der ersten Zigarette konnte ich meinen körperlichen Zustand besser beurteilen. In der Zeitung stand nichts Neues. In der Politik immer die gleichen Streitereien ums Geld, ein paar Unglücke, die Fußballeuropameisterschaft, das Endspiel am nächsten Tag. Ich musste Tobias Bescheid sagen, dass wir nächsten Samstag seinen Garten umgraben würden.

Auf der Lokalseite fiel mir plötzlich ein Artikel ins Auge.

- Junge Frau tot aufgefunden. Vermutlich fiel sie einem Gewaltverbrechen zum Opfer. Anzeichen einer Vergewaltigung sind nicht erkennbar. Bei der Frau wurden keine Ausweispapiere gefunden. Die Frau ist 1.70 Meter groß, hat braunes Haar und dunkle Augen, schlank, ca. 25 bis 30 Jahre alt. Sie trug Jeans und einen roten Pullover. Der Fundort der Leiche war in einem Waldstück zwischen Rutesheim und Renningen. Der Fundort der Leiche ist vermutlich nicht der Tatort. Bisher ist die Identität der Frau noch nicht geklärt. Die Polizei sucht Zeugen, die diese Frau gesehen haben. Der Todeszeitpunkt war vermutlich in der Nacht von Donnerstag auf Freitag zwischen 22 und drei Uhr. Sachdienliche Hinweise können bei jeder Polizeidienststelle abgeben werden. -

Susie! Mein Gott, das musste Susie sein. Die Beschreibung passte und Kleider konnte man wechseln. Ich war wie von Sinnen, was sollte ich tun? Die Polizei anrufen, aber was konnte ich schon sagen. Ich wusste nur wie sie hieß und vielleicht stimmte nicht einmal der Name. Ich saß da und war wie gelähmt. In Gedanken sah ich sie immer wieder vor mir, wie sie lächelte und dann immer wieder das ängstliche Gesicht und ein Schuss, der ihren Kopf entstellte. Das Klingeln des Telefons riss mich aus meinen Gedanken, ich glaube ich hatte geweint. Es war Tobias, er fragte mich, ob ich ihm helfen würde.
„Nein, es tut mir leid, mir ist heute nicht gut.“

„Wohl zu viel gesoffen?“

„Ja, ja.“

„Kommst du heute Abend?“

„Wohin? Ach so, du gibst eine Party. Ja. - Ja ich denke schon.“

„Also dann tschüs bis heute Abend. Falls es dir besser geht, kannst du ja schon früher kommen.“

„Ja, mal sehen.“

Was sollte ich nur tun? Ich musste zur Polizei gegen. Warum gerade Susie? War ich womöglich Schuld? Hatte sie jemand aus Eifersucht umgebracht? Es konnte überhaupt nicht Susie sein, während der Mordzeit war sie mit mir zusammen. Aber vielleicht ist sie auf dem Heimweg überfallen worden.

Ein Klingeln an der Haustür unterbrach meine Gedanken. Es war nur der Postbote, der mir ein kleines Päckchen per Nachnahme brachte. Ich kannte den Absender nicht, zahlte aber trotzdem die 16,80 Euro. Ich wollte und konnte mich im Moment auf keine Diskussion einlassen.

Der Optiker! Wie spät war es? Ich schaute auf die Uhr, kurz vor Mittag. Wenn sie um 11:00 Uhr die Brille abgeholt hatte, dann war sie nicht die Tote. Ich setzte mich sofort ins Auto und brauchte einige Zeit bis ich einen Parkplatz fand, zu Fuß wäre ich sicher schneller gewesen.

„Guten Tag. Erinnern sie sich noch, ich habe hier am Donnerstag mit einer jungen Frau ein Brillengestell ausgesucht?“

„Ja, ich erinnere mich.“

„Und? Hat sie die Brille abgeholt?“

„Moment, ich war nicht immer im Laden.“

Er nahm einen Karton unter der Theke hervor und kramte darin.

„Wie heißt ihre Freundin?“

„Meine Freundin? - Ach so, Susanne Merder."

Er kramte weiter.

„Ja, die Brille ist abgeholt worden."

Ich hätte ihm um den Hals fallen können, also lebte sie noch, sie konnte nicht die Tote sein. Als ich vor dem Laden stand überfiel mich ein neuer Gedanke und ich ging wieder zurück.

„Hat sie die Brille selbst abgeholt?", fragte ich den Optiker.

„Das weiß ich nicht. Ich sagte doch schon, dass ich nicht immer hier war und meine Aushilfe ist schon weg."

„Es wäre aber wichtig für mich, dies zu wissen ..."

„Es tut mir leid, ich kann ihnen nicht mehr sagen. Aber warum interessiert sie das eigentlich, wenn sie ihre Freundin ist, dann könnten sie diese doch einfach fragen."

„Wir wollten uns treffen, aber sie kam nicht und zu Hause kann ich sie auch nicht erreichen", log ich.

„Hören sie, wenn ihnen ihre Freundin davongelaufen ist, dann ist das ihr Problem. Ich wüsste nicht, wie und warum ich ihnen helfen sollte oder könnte."

Der Mann hatte recht, was ging ihn mein Privatleben an und ich war ja nicht die Polizei.

„Entschuldigen sie bitte, ich wollte nur nachfragen."

„Ja, ist schon gut. Sie wird sich bestimmt wieder melden."

„Ja, ja. Danke und entschuldigen sie nochmals."

Wahrscheinlich machte ich ein sorgenvolles Gesicht, jedenfalls rief er mir noch nach, dass ich am Dienstag noch einmal nachfragen könnte, falls dies noch notwendig sei, dann sei seine Aushilfe wieder im Laden. Ich bedankte mich noch einmal, aber bis Dienstag konnte ich nicht mit der Ungewissheit leben. Zunächst ging ich wieder heim.

Am Liebsten hätte ich mir einen angetrunken, so Elend war mir. Immer und immer wieder sah ich sie lächelnd vor mir. Und jetzt sollte sie tot sein? Alle Überlegungen, die ich anstellte endeten im Nichts. Ich rauchte eine Zigarette nach der anderen. Mit der Zeit hatte ich schreckliche Magenschmerzen. Mehrmals wollte ich zur Schnapsflasche greifen, aber ich beließ es dann bei einem Ramazotti, vielleicht würden die Magenschmerzen dann besser.

Gegen 15 Uhr entschloss ich mich dann endlich zur Polizei zu gehen. Ich musste Gewissheit haben. Der Polizeiposten in Rutesheim war verständlicherweise Samstagnachmittag nicht besetzt. Der Polizist im Revier in Leonberg betrachtete mich misstrauisch, als ich ihm sagte, dass ich wegen der unbekannten Toten eine Aussage machen wollte. Der zuständige Kommissar war nicht im Hause. Ich mache wahrscheinlich nicht den frischesten Eindruck und sicher stank ich wegen dem Ramazotti nach Alkohol.

„Also, dann legen sie mal los."

„Kann ich nicht mit dem Kommissar persönlich sprechen?"

„Schon, aber wenn ich ihn zu Hause anrufe, dann möchte ich ihm in etwa sagen können, worum es sich handelt."

Er traute mir nicht. Wahrscheinlich hatten sich schon mehr besoffene Wichtigtuer an diesem Tag gemeldet und einen Solchen vermutete er sicher auch in mir.

„Also, sie kannten die Tote?"

„Nein."

„Aber sie sagten doch, sie könnten eine Aussage machen."

„Ja. Aber kennen tue ich sie eigentlich nicht."

Ich erzählte ihm dann in groben Zügen meine Geschichte mit Susie. Einzelheiten gingen ihn nichts an.

„Gut, die Beschreibung stimmt, aber so stand es ja auch in der Zeitung."

„Hören sie mal, ich weiß nicht was sie von mir denken, aber die Geschichte war so und ich wäre bestimmt nicht hierher gekommen, wenn mich der Tod nicht so berührt hätte. Hören sie, ich bin nicht betrunken, ich habe nur einen Schnaps getrunken, weil ich fürchterliche Magenschmerzen hatte", entgegnete ich ihm ärgerlich.

Er griff dann doch zum Telefon und rief den Kommissar an. Keine zwanzig Minuten später saß ich ihm in seinem Zimmer gegenüber. Er war nur wenig älter als ich.

„Also Herr Merl, ich kann es ihnen nicht ersparen, noch einmal die ganze Geschichte zu wiederholen. Entschuldigen sie, wir haben hier Gott sei Dank nicht allzu viele Mordfälle, deshalb sind wir auch personell nicht so gut besetzt und es war für alle hier eine fürchterliche Hektik seit gestern Nachmittag, als wir die Tote fanden."

Noch einmal dieselbe Geschichte, auch meine Unterredung mit dem Optiker am Vormittag.

„Wenn ich sie richtig verstanden habe, geht es ihnen vor allem darum festzustellen, ob die Tote tatsächlich ihre Susie ist?"

„Ja, Herr Kommissar."

„Bunger, lassen sie den Kommissar weg."

„Ja, Herr Bunger. Ich kann Ihnen auch nicht erklären, warum mich die ganze Geschichte so mitgenommen hat."

„Würden sie die Leiche identifizieren? Es ist aber kein schöner Anblick."

„Hat die Kugel ihr Gesicht zerfetzt?"

„Welche Kugel?"

„Ist sie nicht erschossen worden?"

„Erschossen? Nein! Sie wurde erwürgt und anschließend hat man ihr das Gesicht zerschnitten."

Es dauerte noch einige Zeit, bis wir in die Pathologie fuhren. Der Arzt musste auch erst aus seinem Wochenende geholt werden, um die Leichenbeschauung zu arrangieren. Ich hätte mich fast übergeben, als der Pathologe das Tuch von dem Gesicht nahm, aber ich riss mich zusammen.

„Ist sie die betreffende Person?"

Ich schüttelte nur langsam den Kopf.

„Sind sie ganz sicher?"

„Nein."

Sicher war ich nicht. Ich stellte mir Susie in Gedanken wieder vor. Die Haare waren glaube ich etwas länger. Bei der Leiche waren die Augen geschlossen, vielleicht hätte ich sie an den Augen erkannt. Das Gesicht war ziemlich zerschnitten. Ich versuchte mich an den Mund zu erinnern, aber meistens hatte ich ihr in die Augen gesehen. Der Arzt deckte das Gesicht wieder mit dem Tuch zu.

„Nun?", fragte der Kommissar noch einmal.

„Ich bin mir nicht sicher. Ich würde eher sagen, dass die Leiche nicht Susie ist. Sie hatte glaube ich längere Haare und der Mund - sie hatte einen anderen Mund."

„Decken sie die Leiche bitte noch einmal ganz auf?", sagte der Kommissar zum Arzt. "Würden sie die Tote bitte noch einmal anschauen, wenn es ihnen nichts ausmacht?"

Ich tat ihm den Gefallen, aber es änderte nichts. Nackt hatte ich sie ja nie gesehen. Die Leiche war ihr bestimmt sehr ähnlich.

„Nein, Herr Bunger, es tut mir leid, aber ich glaube nicht, dass dies Susie ist. Bestimmt sehr ähnlich, aber ich glaube nicht.“

Er war jetzt sicher enttäuscht. Samstagnachmittag futsch und doch keine Spur.

„Würden sie bitte noch einmal mit aufs Revier kommen, ich muss noch ein Protokoll aufnehmen.“

Ich tat ihm den Gefallen, wahrscheinlich musste ich dies sogar.

„Haben sie weitere Hinweise bekommen?“, fragte ich den Kommissar, als ich ihm später gegenüber saß.

„Ja, schon einige, aber noch nichts Konkretes, Brauchbares. Ich habe unseren Zeichner ein Bild erstellen lassen, wie die Tote wahrscheinlich ausgesehen hat.“ Er gab mir das Bild. Ich betrachte es genau.

„Und, ist sie das?“

Er zeigte auf das Phantombild. Aber die Gesichtszüge waren härter und die Augen waren kleiner, aber so die Umrisse, die waren schon ähnlich.

„Ähnlichkeit hat sie, aber ich würde sagen, sie ist es nicht.“

„Sie haben mir trotzdem geholfen, zumindest weiß ich jetzt, dass sich eine Person, die so ähnlich wie die Tote aussieht, sich im fraglichen Zeitraum hier aufgehalten hat. Damit lassen sich Anrufe und Hinweise besser einordnen. In der Sonntagsausgabe Morgen bringen wir dieses Phantombild, vielleicht ergeben sich dann weitere Hinweise.“

Nachdem er das Protokoll aufgenommen und ich unterschrieben hatte, fragte mich der Kommissar: „Haben sie etwas vor?“

„Ja. Warum?“

„Auf dem Marktplatz oben könnten wir noch ein Bier trinken.“

Zur Party von Tobias kam ich auch später noch nicht zu spät und so richtig Lust hatte ich sowieso nicht auf Party.

„Wollen sie?"

„Ja, gern."

Der Kommissar wollte anscheinend noch nicht nach Hause gehen und mir war es eigentlich egal. Irgendwie war ich erleichtert, die Tote war wohl nicht Susie. Obwohl ich sie nicht näher kannte, wäre es für mich doch schmerzlich gewesen, wenn ein so netter Mensch nicht mehr leben würde.

„Können wir noch einmal über die Tote reden?", er schaute mich an.

Ich nickte.

„Ich habe bisher überhaupt keine Anhaltspunkte, geschweige denn eine heiße Spur. Sie waren der Erste, bei dem ich gehofft hatte, dass ich irgendwie weiter komme. Sie verstehen mich hoffentlich richtig?"

„Schauen sie, ich habe diese Susie nicht richtig gekannt, aber auch wenn ich sie nie wieder sehen werde, glaube ich, dass ich mich immer an sie erinnern werde. Keine schmerzliche Erinnerung, es war ein wunderschöner Nachmittag und Abend. So könnte ich mir einmal meine Frau vorstellen. Sind sie verheiratet?"

„Ja."

„Geht das als Kommissar?"

„Ach eigentlich schon. Aufregung und Mehrarbeit gibt es in jedem Job und wegen der teilweise unregelmäßigen Arbeitszeit kann man sich arrangieren. So schlimm, wie das in Fernsehkrimis oft dargestellt wird, ist es nicht. - Sind sie sich mittlerweile ganz sicher, dass die Tote nicht ihre Susie ist?"

„Ich denke ja. Das Gesicht war zwar fast zur Unkenntlichkeit entstellt, aber ich hätte sie bestimmt erkannt."

„Das Haar ihrer Bekannten war länger, sagten sie, aber man könnte es abgeschnitten haben?"

„Nein, das Haar allein war es nicht, es war vor allem der Mund. Sie hatte einen anderen Mund."

„Und die Größe überhaupt?"

„Nun, das ist schwer zu sagen. Nur von der Beschreibung her könnte sie es gewesen sein, deshalb habe ich mich ja auch gemeldet. - Nein sie war es nicht."

Wir sprachen dann noch einige Zeit über Fußball. Es war schon nach 20 Uhr, als ich nach Hause kam. Wir hatten noch zwei Bier getrunken, als Polizist hätte er mich wohl nicht mehr fahren lassen dürfen.

4

Ich nahm ein ausgiebiges Bad und fühlte mich danach zum ersten Mal an diesem Tag richtig gut. Bei Tobias auf der Partie war keine richtige Stimmung. Halt wie immer, man hing herum, da ein Tratsch, dort ein Gespräch und wer Solo war versuchte mit jemand vom anderen Geschlecht anzubandeln. Anja war auch da. Der Seebeck hatte samstags Ruhetag. Sie flirtete wieder heftig mit mir. Eigentlich vertrug ich einiges an Alkohol, aber an diesem Tag merkte ich sehr schnell, dass ich nicht mehr ganz nüchtern war, die Aussprache fiel mir schon schwer. Anja deutete es wohl falsch, als ich sie fragte, ob wir uns irgendwo hinsetzen könnten, bisher waren wir mit dem Glas in der Hand einfach so herumgestanden. Sie organisierte einen freien Sessel, aber halt nur einen. Ich ließ mich hineinfallen und Anja setzte sich mir einfach auf den Schoß. Da ich noch das Glas in der Hand hatte, breitete ich die Arme aus, damit nichts verschüttet wurde. Sie deutete dies wohl falsch. Sie legte ihre Arme um meine Schultern und sah mir mit leicht geöffnetem Mund in die Augen. So nah waren wir uns noch nie. Ihr Körper fühlte sich angenehm an, hübsch war sie schon. Ich weiß nicht mehr, ob es der Alkohol war, auf jeden Fall wollte ich auch meine Arme um sie legen, wenn nur das Glas nicht gewesen wäre.

„Kannst du es biete abstellen?"

Sie schaute mich verdutzt an.

„Das Glas, meine ich."

Danach sank sie mir endgültig in die Arme. Durch den Alkohol und in dem verrauchten Zimmer fühlte ich mich nicht besonders gut. Die Annäherung von Anja war auch sehr eindeutig.

„Gehen wir zu mir?", fragte ich sie in einer Kusspause.

„Ja. Sofort?"

„Ja."

Als sie ihre Handtasche und ihre Jacke suchte, schaute ich sie mir noch einmal genau an. Sie sah hübsch aus, fraulich, mit ihren kurzen blonden Haaren. Ich überlegte, fand aber keinen Grund, warum ich bisher immer gemeint hatte, dass sie nicht mein Typ sei.

„Ich liebe dich", hauchte sie mir ins Ohr, nachdem wir miteinander geschlafen hatten.

„Ich weiß, du bist schon seit einiger Zeit hinter mir her."

„Hast du das bemerkt?"

„Ja."

„Warum sind wir dann nicht schon länger zusammen?"

Blöde Frage. Was sollte ich ihr antworten? Das ich eigentlich eine andere Vorstellung von der Frau hätte, mit der ich zusammen sein wollte? Waren wir jetzt zusammen, nicht hier im Bett, sondern als Freundin, Lebenspartner? Diese Frage konnte und wollte ich jetzt nicht beantworten. Was, wenn ich am nächsten Morgen mit einem Kater aufwachte und ich nicht die geringste Lust verspürte, noch einmal eine Nacht mit ihr zu verbringen?

„Ich weiß nicht. Bisher ergab sich einfach keine Gelegenheit", antwortete ich ihr und dies war nicht einmal gelogen.

Es wurde keine lange Liebesnacht, ich war einfach zu müde. Sie hatte wenigstens Verständnis dafür. Sie weckte mich am nächsten Morgen, in dem sie sich nackt an mich kuschelte.

„Au Mann, ich liebe dich", sagte sie überschwänglich, als ich die Augen aufmachte. Als Morgenmuffel war mir dies etwas zu stürmisch. Sie schaute mich skeptisch an, als ich ihren Kuss nicht erwiderte.

„Was hast du?“

„Nichts. Ich bin morgens nur nicht so fit.“

Sie griff mir unter der Decke zwischen die Beine.

„Der vermittelt aber einen ganz anderen Eindruck.“

Jetzt hatte sie gewonnen. Wir kuschelten noch einige Zeit, bis sie dann sagte: „Ich muss aufstehen, ich muss um 11 Uhr bei der Arbeit sein. Ich mach dir auch noch das Frühstück. - Schlimm?“

„Ja schon.“

„Heute Abend wieder? Ich kann so gegen 20 Uhr Schluss machen, danach ist nicht mehr viel los.“

„Ja“, ich wollte es. Ich betrachte sie, wie sie so nackt vor meinem Bett stand. Sie war nicht nur hübsch, sie war schön. Als sie aus dem Bad kam, stand ich auch auf und trank mit ihr - noch ungewaschen - eine Tasse Kaffee. Nach fester Nahrung war mir nach den vergangenen zwei alkoholreichen Tagen noch nicht zu Mute.

„Holst du mich ab?“

Sie wollte also allen gleich dokumentieren, dass sie mit mir jetzt zusammen war, warum eigentlich nicht.

„So gegen acht.“

„Du kannst ja vorher schon kommen.“

„Gut Ich hole dich ab.“ Au, heute war ja Endspiel. “Dann musst du aber mit ins Vereinsheim.“

„Ich kann uns auch etwas kochen.“

„Nein, heute spielt doch Deutschland.“

„Stimmt, hatte ich ganz vergessen. Gut ich komme mit.“

Am liebsten wäre ich noch einmal zu Bett gegangen, stellte mich dann aber doch unter die Dusche. Frisch gewaschen und rasiert war mir wohler. Ich machte mir noch einmal Kaffee und toastete die Brötchen vom Vortag noch einmal auf.

In der Sonntagszeitung war das Phantombild von der Toten. Ich erinnerte mich wieder an Susie. In Gedanken verglich ich sie mit Anja. Wenn ich wählen könnte, aber diese Frage stellte sich nicht. Anja war da. Am Abend würde ich sie wieder treffen. Und sie war nicht nur der Spatz in der Hand. Ich hatte sie auch nicht schön trinken müssen.

5

In den Sommermonaten gab es keinen Fußball in Rutesheim. Deshalb war dann auch sonntags im Vereinsheim nichts los. Das Wetter war wieder mal nicht schwimmbadmäßig. Der Freizeitpark Rutesheim war dann mein Ziel, dort traf man dann den ein oder anderen Bekannten. Und richtig Tobias auch. Wir unterhielten uns über den vergangenen Abend.

„Du hattest es aber eilig gestern."

„Wieso, ich war nur müde."

„Warum hast du nichts gesagt? Wenn es so dringend gewesen wäre, dann hätte ich dir doch mein Schlafzimmer zur Verfügung stellen können. Na, wie war es mit ihr?"

„Ach, frag doch nicht so blöd."

„Nichts drauf gehabt, warst wohl zu betrunken?"

„Ach, jetzt hör doch auf mit dem Scheiß. Du bist doch nur neidisch."

„Warum steht die bloß so auf dich? Mich hat sie schon ein paar Mal abblitzen lassen."

„Mein Ruf ist halt besser als deiner."

„Dein Ruf? Nachtigall ich hör dich rufen. Und? - Erzähle doch endlich, wie war's?"

„Ach, jetzt lass mich doch endlich damit zufrieden. Komm wir trinken noch ein Russ-Weizen."

„Lenk bloß nicht ab. Lohnt es sich mit ihr?"

„Ja. Und damit du endlich aufhörst, wir treffen uns jetzt öfter."

„Ach nee. Das war wohl nicht das erste Mal gestern, das habe ich noch gar nicht mitbekommen. Bisher warst du doch nicht sonderlich begeistert von ihr, du hast wenigstens so getan."

Er ging mir furchtbar auf den Sack, was ging ihn das eigentlich an. Aber ich verstand ihn ja, ich war selbst so, wenn es mich nicht betraf.

„Meinungen kann man ändern. Jetzt mag ich sie auf jeden Fall."

„Wohl sexuellen Notstand gehabt, das hat wohl mit der Einen letzte Woche nicht geklappt?"

Also über Susie wollte ich nun wirklich nicht mit ihm reden. Er war wohl mein bester Freund, aber seine Ansichten über Frauen teilte ich nicht. Seine abfälligen Bemerkungen basierten häufig nur aus fehlgeschlagenen Anmachen.

„So, dann sieht man dich also in Zukunft nicht mehr so oft."

„Wie kommst du jetzt bloß auf diese blöde Idee?"

„Na ja, Freundin und so, da hat man seine Verpflichtungen."

„Du musst das Wohl wissen, du bist darin ja sehr erfahren."

Jetzt hatte ich ihn an seinem wunden Punkt getroffen. Da war ein Kapitel, an das er sich nicht gerne erinnerte. Er hatte vor ca. zwei Jahren eine Freundin, die hielt ihn ganz kurz, wenn er um 22 Uhr nicht zu Hause war, holte sie ihn immer in der Wirtschaft ab und nichts war mehr mit alleine ausgehen. Über ein Jahr ging das so und dann hat sie ihn wegen einem anderen verlassen. Seither hat er auch keine feste Freundin mehr, irgendwie hatte er Angst davor.

„Lass bloß das Thema, darüber möchte ich nicht mehr reden."

„Siehst du und ich will nicht über gestern oder letzte Woche reden."

„Wer gewinnt heute Abend. Also Spanien ist schon gut drauf."

Damit war das Thema Nummer eins endlich abgehakt und wir waren beim Thema Nummer zwei.

Gegen 19.00 Uhr verabschiedete ich mich. Tobias ging ins

Vereinsheim, ich versprach ihm, zum Endspiel zu kommen.

Ich war gespannt Anja wieder zu sehen. Ich hatte mich noch nicht völlig von meiner bisherigen Meinung, dass sie nicht mein Typ sei, gelöst. Erst, wenn ich sie jetzt wieder so anziehend fand, wie am Morgen, dann ging das klar mit uns zwei.

Sie lächelte mir zu, als ich ins Lokal kam, hatte nicht sofort Zeit für mich, sie musste erst noch ein paar Gäste abkassieren. Ich war verliebt in sie, ich spürte das ganz deutlich.

„Wie, hat es gefunkt zwischen euch zwei?", begrüßte mich der Wirt.

„Ja, scheint so."

„Willst du etwas trinken?"

„Ja, eine Cola, bitte."

„Cola? Bist du krank?", schaute der Wirt mich entsetzt an.

„Nein, warum? Ich habe nur noch etwas vor."

Ich wollte nicht noch mehr Bier, im Freizeitpark hatte ich schon zwei Russen-Weizen getrunken. Und nachher beim Endspiel blieb es bestimmt nicht ohne Alkohol. Ich wollte nicht schon wieder besoffen mit Anja gehen.

„Ach so, verstehe schon", antwortete er mit einem Seitenblick auf Anja. "Sie ist gleich fertig und kann dann gehen, den Rest schaffe ich dann heute alleine."

„Soll ich bei dir übernachten?", fragte mich Anja auf dem Weg zum Auto. Sofort nach dem Endspiel waren wir aufgebrochen. Das Endspiel hat keine Stimmung gemacht. Die deutsche Mannschaft hatte unterirdisch gespielt und verloren.

„Ja."

„Gehen wir gleich zu dir oder willst du noch fort?"

„Willst du noch fort?“

„Eigentlich nicht. Wir sollten nur schnell bei mir vorbeifahren, ich möchte meine Klamotten wechseln, das sind immer noch dieselben, wie gestern Abend und ein paar Sachen muss ich auch mitnehmen.“

Ich ging mit hinauf in ihre Wohnung. Irgendwie wirkte sie aufgeregt.

„Macht es dir etwas aus, wenn ich kurz Dusche? Ich bin noch ganz verschwitzt von der Arbeit, ich hätte duschen sollen bevor wir ins Vereinsheim gegangen sind.“

„Hast du irgendetwas?“, fragte ich sie und nahm sie in den Arm. Wegen dem Spiel und im Vereinsheim hatten wir uns noch nicht so richtig gedrückt. Ich ließ ihr keine Zeit für die Antwort, sondern küsste sie.

„Ich liebe dich, ich liebe dich ganz arg“, sagte sie dann in einer Kusspause und drückte sich fest an mich. "Ich habe auch ein Bett, das reicht für zwei, bleiben wir doch gleich hier.“

Es wurde noch ein schöner Abend, wir haben auch lange miteinander geredet, schließlich sollte man auch etwas über den anderen erfahren, mit dem man länger zusammen sein will. Körperliche Liebe ist nur ein Teil des Lebens, zwar ein schöner, aber halt nicht alles.

Sie machte mir am nächsten Morgen noch Frühstück und verabschiedete sich mit der Bemerkung, dass sie am Abend frei hätte. Ich versprach sofort nach der Arbeit bei ihr vorbeizukommen.

Trotz allem fühlte ich mich ausgeschlafen und konnte mich nach Tagen wieder einmal voll auf meine Arbeit konzentrieren. Über den Mord stand nichts Neues in der Zeitung, nur das Foto wurde noch einmal abgebildet.

Bevor ich abends zu ihr ging, fuhr ich erst an meiner Wohnung vorbei, auch ich brauchte für den nächsten Tag wenigstens meinen Rasierer, meine Zahnbürste und vor allem frische Klamotten.

Sie hatte für uns gekocht. Irgendwie ging mir das alles viel zu schnell. Als Bedienung kannte ich sie ja schon länger, aber als Freundin doch erst zwei Tage und sie tat schon so vertraut. Es war mir aber nicht unangenehm. Im Laufe des Abends zeigte sie mir auch das Foto in der Zeitung.

„Du, ich wollte dich etwas fragen, hier das Bild von der Toten, ist das nicht die Frau, mit der du letzte Woche im Seebeck zu Abend gegessen hast?"

„Nein, das ist sie nicht, die sieht ihr nur ähnlich."

„Wer war das eigentlich? Ich hatte die noch nie zuvor gesehen."

„Ich auch nicht."

„Den Eindruck hatte ich allerdings nicht, du hast sie so verliebt angeschaut."

„Was soll das jetzt?"

„Nichts, ich meinte nur."

Eifersucht ist etwas, das ich nicht ertragen kann, vor allem wenn sie unberechtigt ist. Und sie war unberechtigt, sonst würde ich nicht hier bei ihr sitzen. Sie fragte mich nicht weiter, aber irgendwie merkte ich, dass sie die Sache doch beschäftigte. Sie war nicht mehr ganz so locker wie vorher.

„Können wir Vergangenes nicht aus dem Spiel lassen, ich will auch nicht wissen, mit wem du schon alles zusammen warst?"

„Also hattest du doch etwas mit ihr. Ich mag nicht, wenn ich angelogen werde."

„Das ist doch ...“, nein es war nichts anderes. Ich erzählte ihr die Geschichte mit Susie, nicht alles, dass ich sie geküsst hatte, ging sie trotz allem nichts an.

„Nun? Zufrieden?“

„Schon merkwürdig, dass die Tote der Person so ähnlich sieht.“

„Ich habe dich etwas gefragt.“

„Ich liebe dich, hörst du, wie noch nie jemand zuvor in meinem Leben. Die letzten zwei Tage waren so schön und ich habe Angst, dass alles zerplatzt wie eine Seifenblase. Ich habe mir das immer vorgestellt, wie es mit dir sein würde und jetzt ist alles noch viel schöner.“

Ich wusste nicht was ich ihr antworten sollte, ich nahm sie nur in den Arm und drückte sie fest an mich. Ich kannte sie noch zu wenig. Eine Romantikerin hatte ich bisher nicht in ihr vermutet. Als Bedienung musste sie resolut sein, so hatte ich sie immer gesehen, aber jetzt war es privat.

„Warst du eigentlich immer schon Bedienung?“

„Gelernt habe ich Schneiderin, aber es gab keine Stellen und dann habe ich halt als Bedienung gearbeitet. Schon ein Jahre bin ich jetzt beim selben Wirt. Ich bin hierher gezogen, als ich den Job beim Seebeck bekam. - Lebst du schon immer hier?“

„Ja, eigentlich schon. Und nach meiner Ausbildung habe ich hier in Rutesheim auch die passende kleine Wohnung gefunden.“

Sie blieb nachdenklich an diesem Abend. Am nächsten Morgen beim Frühstück war sie aber wieder wie immer.

„Kommst du heute Abend wenigstens auf ein Bier in der Wirtschaft vorbei? Ich muss heute länger arbeiten.“

„Ich hole dich ab.“

„Es wird bestimmt elf Uhr oder später, das will ich nicht, du brauchst doch auch deinen Schlaf."

„Ich kann im Notfall auch später zur Arbeit kommen. Ich hole dich ab."

„Ehrlich?"

„Ja."

„Danke!", sie strahlte mich an. "Vielleicht kann ich auch etwas früher Schluss machen, gerade ist nicht sehr viel los."

6

In der Mittagspause blätterte ich die Tageszeitung durch, im Lokalteil fand ich einen Artikel über den Mord.

- Die Identität der toten Frau konnte festgestellt werden. Es handelt sich um Susanne Merder aus Sommerau in der Nähe von Trier, dort wurde sie am vergangenen Mittwochmorgen zum letzten Mal lebend gesehen. Die Polizei sucht nach Zeugen, welche die Frau in der Zeit zwischen Mittwoch früh und Donnerstagabend gesehen haben. Zur Klärung des Verbrechens wurde auch das Bundeskriminalamt eingeschaltet, da nicht auszuschließen ist, dass sie in der Nähe ihres Wohnortes umgebracht und die Leiche nur im hiesigen Raum beseitigt wurde. -

Susanne Merder, ich war wieder ganz durcheinander. Dieser Name stand auf dem Rezept, das Susie dem Optiker gab. Aber das Bild von der Toten in der Zeitung, das war nicht Susie. Ich versuchte weiter zu arbeiten, aber ich konnte mich nicht mehr konzentrieren. Ich bat meinen Chef, da mir nicht gut sei, den weiteren Tag freizugeben. Ich hatte genügend Überstunden, deshalb willigte er ein. Im Auto überlegte ich, was ich nun machen sollte. Irgendwie fühlte ich mich in die Sache verwickelt. Ich wollte wissen, was es mit der Toten auf sich hatte. Ich wollte wissen, ob es nicht doch Susie war. Auskunft konnte mir eigentlich nur die Polizei geben, aber durften die mir überhaupt etwas sagen? Ich wollte es einfach versuchen.
„Ich hätte gerne Kommissar Bunger gesprochen."

„Worum handelt es sich?"

„Wegen dem Mord an der Frau."

„Herr Bunger ist gerade nicht da, aber ein anderer Kollege der Sonderkommission wird ihnen auch weiterhelfen."

„Nein. Ich möchte nur mit Herrn Bunger reden, ihn kenne ich schon. Wann ist er wieder zu erreichen?"

„Moment ich frage kurz nach."

Ich hatte ja keine Aussage zu machen und wenn mir überhaupt jemand etwas sagen würde, dann dieser Bunger. Seit wir beim Bier über den Fall sprachen, hatte ich vertrauen zu ihm.

„Der dürfte bis in spätestens einer Stunde wieder zurück sein. Wenn sie warten wollen, dürfen sie dort drüben gerne Platz nehmen."

Ja, ich wollte warten. Es dauerte dann keine zwanzig Minuten, bis er kam.

„Sie? Wollen sie etwas von mir?"

„Ja, ich habe den Artikel in der Zeitung gelesen, ich wollte sie etwas fragen."

„Kommen sie mit, ich habe auch einige Fragen."

Wir nahmen in seinem Büro Platz.

„Wo waren sie eigentlich am Donnerstag zwischen 22 und drei Uhr früh?"

„Wo ich war? Ich habe ihnen doch die Geschichte mit Susie erzählt."

„Und danach?"

„Zu Hause im Bett"

„Haben sie dafür Zeugen?"

„Zeugen? Wozu?"

„Haben sie welche? War jemand bei Ihnen?"

„Nein. - Nein, ich war allein. Was sollen denn diese Fragen?"

„Sie sind mein einziger Verdächtiger."

„Ich?", ich war entsetzt. Ich verdächtig? Hieß das, dass er mich für den Mörder hielt?

„Keine Angst, ich wollte nur testen wie sie reagieren. Nein, keine Angst, mir war tatsächlich der Gedanke gekommen. Sie waren der einzige, der sich gemeldet hatte und angab, dass er die Tote oder jemand der ihr sehr ähnlich sieht, gesehen hätte. Und so nach dem Motto, den Täter zieht es an den Tatort zurück, habe ich sie einfach in meine Überlegungen mit einbezogen."

„Ich ...?", versuchte ich mich zu wehren.

„Nein, warten sie erst bis ich fertig bin. Ich komme gerade aus Rutesheim, ich habe dort mit dem Optiker und dem Wirt geredet. Ach übrigens, ist diese Bedienung eine Freundin von ihnen?"

„Wer? Anja?"

„Anja, ja."

„Wir kennen uns gut, das heißt wir sind ...", ja was waren wir eigentlich, befreundet, ein Liebespaar?

„Was?"

„Wir gehen seit Samstag miteinander oder wie man das nennt."

„Ach, interessant! Bevor sie bei mir waren oder danach?"

„Danach. Aber wozu ist das wichtig?"

„Wichtig ist es nicht, ich wollte es nur wissen. Haben sie da diese Bedienung zum ersten Mal kennen gelernt?"

„Nein, ich kenne sie schon länger. Ich bin öfters in der Wirtschaft."

Was sollten diese Fragen, war das ein Verhör? Ich wollte doch eigentlich von ihm etwas wissen. Und was hatte Anja mit der Sache tun? Ich wollte ihn fragen, aber er unterbrach mich wieder.

„Sie dürfen mich nachher alles fragen, was sie interessiert, aber jetzt bin erst ich an der Reihe. Kennen sie diese Frau?"

Er hielt mir das Bild hin, das auch in der Zeitung abgebildet war.

„Nein."

„Und diese?"

Er zeigte mir noch mehrere Bilder, es war immer wieder die Tote.

„Das ist nicht die Susie, die ich kennen gelernt habe."

„Sind sie ganz sicher?"

„Ja."

„Was ist anders an ihr?"

„Ich weiß nicht. Sie könnte ihre Zwillingsschwester sein. Aber sie es nicht, schauen sie, die Augen", ich deutete auf eines der Bilder, „sie hatte andere Augen und auch der Mund war größer. Das Gesicht ist sehr ähnlich, aber ich glaube das von Susie war schmaler."

„Ist sie das?"

Er zeigte mir noch ein Bild. Genau das war Susie. Aber woher hatte er das Bild? Er beobachtete mich, wie ich mir das Bild betrachtete. Ich nahm mir eins von den anderen Bildern und verglich sie.

„Ja, das ist Susie, aber ..."

„Woher ich das Bild habe?"

„Ja."

„Wie alt war - nennen wir sie mal Susie."

„Ich weiß nicht, ich schätze das Alter von Frauen immer falsch. Zwischen 20 und 30, irgendwo dazwischen."

„Könnte sie 22 Jahre alt gewesen sein?"

„Ja, sicher."

„Auch 28?"

„Ja, auch das. Aber jetzt sagen sie mir doch endlich, was das alles soll?"

„Warum sind sie eigentlich hergekommen?"

„Ich hatte doch auf dem Rezept Susanne Merder gelesen. Und jetzt stand in der Zeitung, dass die Tote so heißt. Sie wissen, wie mich das am Samstag bewegt hat."

„Bewegt sie es immer noch?"

„Ja, schon."

„Ich denke sie sind jetzt mit Anja liiert?"

„Ja, aber das ist etwas anderes."

„Übrigens ein hübsches Mädel, würde mir auch gefallen."

Was wollte er eigentlich von mir, was sollte diese ganze Fragerei?

„Also können sie mir nun sagen, was ich wissen will?", fragte ich Bunger etwas verärgert.

„Haben sie Zeit?"

„Ja."

„Schön. Kennen sie einen Biergarten, wo man ungestört ein Bier trinken und reden kann?"

Natürlich wusste ich einen, aber das war wieder so eine hinterhältige Frage, deren Sinn ich nicht verstand. Wenn er hier Kommissar war, dann musste er doch alle Biergärten kennen.

„Gehen wir in ihren Lieblingsbiergarten", versuchte ich es andersherum.

„Gut", er lächelte mich an. "Gehen wir."

Wir landeten im Freizeitpark Rutesheim. Heute waren aber nur wenige Gäste da, es war Schwimmbadwetter. Wir waren also ziemlich ungestört.

„Bier oder Weizen?", fragte Bunger mich. Im Freizeitpark ist Selbstbedienung.

„Was nehmen sie?"

„Radler."

Irgendwie war ich misstrauisch geworden, sobald er eine Frage stellte, suchte ich nach dem tieferen Sinn, aber diesmal gab es wohl keinen.

„Zwei Radler bitte."

Wir setzten uns in den Strandkorb in der Strandbar. Er fing dann das Gespräch an.

„Entschuldigen sie bitte mein Verhalten von vorhin. Aber ich bin eben Polizist, überall sieht man Verdächtige. Ich kann dieses einfach nicht ablegen. Deshalb will ich möglichst alles genau abchecken."

„Und? Zu welchem Ergebnis sind sie gekommen?"

„Nicht verdächtig. Ich sehe im Moment nicht das geringste Motiv. Aber so geht es mir bei dem ganzen Fall. Wenn sie es interessiert, erzähle ich ihnen gerne, was wir bis jetzt herausgefunden haben, vielleicht fällt ihnen dann noch etwas ein."

„Bitte, erzählen sie, deshalb bin ich ja zu ihnen gekommen."

„Sie haben das Bild in Sonntag aktuell gesehen?"

„Ja."

„Das hat uns weitergebracht, die Zeitung erscheint auch in der Pfalz. Jedenfalls am Sonntagmittag wussten wir, wer die Tote ist und als wir uns näher umschauten und die Leute in dem Ort befragten, gab dann auch ihre Geschichte einen Sinn."

„Ja?"

„Ja, die Tote hat eine jüngere Schwester, sie lebten zusammen in einer Wohnung in Sommerau. Susie heißt sie aber nicht, vielleicht nennt sie sich so, sie heißt Sabine. Ich war vorhin bei dem Optiker und bei dem Wirt. Ich wollte ganz sicher gehen. Der

Optiker glaubte in der Toten die Frau wieder zu erkennen, welche die Brille bestellte. Auch seine Verkäuferin erkannte die Tote als diejenige, welche die Brille abgeholt hat, aber das konnte sie ja nicht, da war sie bereits tot. Erst, als ich ihnen das Bild von ihrer Susie zeigte, waren sie nicht mehr sicher. Genauso ging es dem Wirt. Nur ihre Anja war ganz sicher, dass sie es nicht war."

„Ich habe mit ihr darüber gesprochen."

„Vertrauen sie ihr schon alle ihre Sorgen an oder wie immer man dazu sagt?"

„Nein, das nicht. Aber sie hatte auch das Bild in der Zeitung gesehen und mich gefragt, ob die Tote nicht die sei, mit der ich im Lokal war."

„Ist sie eifersüchtig?"

„Sind sie das nicht auch?"

Er lächelte mich wieder an und hatte mein Misstrauen bemerkt.

„Ich bin halt auf der Suche nach einem Motiv. Bis jetzt haben wir noch keines, auch noch keine Verdächtigen. Ich suche halt."

„Hören sie, ich helfe ihnen, wenn ich kann. Aber könnten sie nicht diese Verdächtigungen weglassen?"

„Doch, das geht auch. Entschuldigen sie, ich wollte sie nicht kränken."

„Wo ist diese Sabine, haben sie diese gefunden?"

„Ihre Susie ist verschwunden. An ihrem Wohnort hat man beide am Mittwoch letzter Woche zuletzt gesehen. Außer ihrer Aussage und nun auch der Aussage der Verkäuferin im Optikerladen, gibt es sonst keine Hinweise, sie ist spurlos verschwunden."

Wir saßen eine Weile still da und tranken das Radler aus. Ich wollte ihn eigentlich noch einige Dinge fragen, aber der Kommissar ahnte dies wohl.

„Herr Merl mehr kann und darf ich ihnen nicht erzählen. Ist ihnen vielleicht noch etwas eingefallen?"

„Als sie aus meinem Wagen stieg, hatte sie zunächst ihre Handtasche vergessen und als sie sich noch einmal in den Wagen beugte, hatte sie Tränen in den Augen, sie beschwor mich sie zu vergessen."

„Lieben sie diese Susie?"

„Ich weiß nicht. Ich habe sie noch nicht vergessen, ich habe das heute Mittag wieder gespürt, als ich diesen Namen in der Zeitung las. Vielleicht hätte mich in sie verliebt, wenn sie geblieben wäre." Hätte ich mich verliebt? Ich konnte mir diese Frage selbst nicht beantworten. "Ein paar Stunden können sehr schön sein, aber um letztendlich zu sagen, dass man jemand liebt, reichen diese Stunden nicht aus. Und dann kam Anja und Susie ist nun Vergangenheit."

„Lieben sie Anja?"

„Ich glaube, ich werde sie lieben."

„Auch wenn Susie wieder auftaucht?"

„Ich denke …, ich glaube…, ja ganz bestimmt."

„Trinken wir noch was?"

„Heute nicht, ein andermal vielleicht."

„Gut, gehen wir. Herr Merl ich verspreche Ihnen, ich halte sie auf dem Laufenden, soweit ich das kann und falls sie es interessiert."

„Ich muss mir das erst überlegen, ich melde mich wieder."

„Kommen sie ruhig, ich bin fast immer froh, wenn ich eine Ausrede habe, um mit jemandem ein Glas Bier zu trinken."

„Ist Alkohol im Dienst nicht verboten?", fragte ich Bunger scherzhaft die allgemeine Frage an einen Beamten.

„Sie wissen doch, Pausen gehören nicht zur Arbeitszeit und da kann ich machen was ich will."

„Sie waren also nicht dienstlich mit mir Bier trinken?"

„Hatten sie den Eindruck? Das Verhör brachten wir doch schon in meinem Büro hinter uns."

Wir mussten beide lachen. Dieser Bunger konnte sicher auch ein guter Freund sein. Ich hoffte, dass wir uns auch noch treffen würden, wenn der Fall abgeschlossen war.

Ich versuchte auf der Fahrt nach Hause meine Gedanken zu ordnen. Erst das mit Susie, dann der Mord, dann Anja. Alles etwas zuviel in einer Woche. Und Anja nahm mich gleich in Beschlag, als ob wir uns schon eine Ewigkeit kennen würden.

Ich überlegte, ob ich bei Anja auf ein Bier vorbeifahren sollte, aber ich ließ es sein, ich würde sie gegen später noch sehen. Ich brauchte ein paar Stunden des Alleinseins, ich musste meine Gedanken ordnen, mir über meine Gefühle im Klaren werden.

Im Briefkasten nur Werbung, keine Briefe, auch keine Rechnungen. Als ich wieder einmal Ordnung in meine kleine Zweizimmer-Wohnung brachte, fiel mir auch das Päckchen, das der Briefträger letzten Samstag gebracht hatte, in die Hände. Ich hatte es achtlos weggelegt. Ich schaute es gespannt an, um mich dann selbst kopfschüttelnd -Blödmann- zu nennen. Für einen kurzen Moment hatte ich an eine Nachricht von Susie gedacht. Sabine hieß sie ja, 22 Jahre alt. Ich hatte Anja überhaupt noch nicht nach ihrem Geburtstag und ihrem Alter gefragt. Ich würde es heute nachholen. In dem Päckchen war nur eine Silbermünze, das hatte ich schon vergessen, die Bestellung lag schon ein paar Wochen zurück.

7

Ich hatte nur noch Schöfferhofer Grapefruit in der Wohnung. Mein Getränkemarkt war schon geschlossen, aber Rewe und Edeka hatten noch geöffnet, also holte ich mir einen Kasten gutes Tannenzäpfle und stellte gleich ein paar Flaschen in den Kühlschrank. Ich trank zuviel Alkohol und rauchte zu viele Zigaretten, daran waren aber nicht diese letzten Tage schuld, dass ging schon eine ganze Weile so. Schon mehrmals hatte ich mir vorgenommen, wenigstens öfter auf den Trimm dich Pfad zu gehen, aber wenn ich abends von der Arbeit kam, hatte ich einfach keine Lust. Ich hätte auch mit unserer AH-Fußballmannschaft trainieren können.

Ich setzte mich also in einen Sessel, überlegte, ob ich Radio oder den Fernseher anmachen sollte und entschloss mich dann, eine CD zu hören. Ich stellte eine Flasche Bier vor mich auf den Tisch, einen Aschenbecher und eine Schachtel Zigaretten. Ich legte ruhige leise Musik auf, aber merkte schon nach den ersten Tönen, dass dies im Moment nicht die richtige Musik war. Gotthard war schon besser. Ich wollte zwar nachdenken, aber ich war irgendwie in aufgekratzter Stimmung. Zunächst versuchte ich zu ergründen, warum ich am Mittag wieder so betroffen und verwirrt reagiert hatte. Seit ich wusste, dass meine Susie nicht die Tote war, war meine Stimmung besser. Im Moment sogar leicht gehoben. Und genau dies beunruhigte mich. Genau deshalb musste ich endlich Klarheit gewinnen. Susie oder Anja. Auch wenn ich Susie nicht bekommen konnte, jetzt wusste ich ja, wer sie war und wo sie wohnte, musste ich wissen, ob ich Anja wirklich wollte.

Mit Susie war ich einen Abend zusammen, mit Anja drei Nächte. Anja kannte ich schon länger, ich wusste, dass sie mit mir anbandeln wollte. Warum hatte ich immer gemeint, dass sie nicht mein Typ sei? Was hat mich da immer abgehalten und was war letzten Samstag anders, als in ähnlichen Situationen zuvor? Der Alkohol konnte es nicht gewesen sein. Obwohl ich mich betrunken füllte, hatte es zuvor schon Situationen gegeben, wo ich wirklich betrunken war, habe aber trotzdem mit Anja nie etwas angefangen. In Gedanken stellte ich mir Anja vor, sie war eine sogenannte reife Frau und Susie? Sie war mehr noch das jugendliche, fröhliche Mädchen.

Was hatte sich in der Nacht von Samstag auf Sonntag geändert und warum fand ich Anja plötzlich so attraktiv? Ich war irgendwie traurig am Samstag, ich brauchte dringend jemand zum Anlehnen. Es war nicht Sex, was ich suchte, deshalb war Anja in diesem Augenblick die Richtige.

Ich sah wieder Susies nachdenklich trauriges Gesicht. Nein, sie war nicht der Typ, bei dem man Geborgenheit sucht, sie war eher das Mädchen, dass man schützend in die Arme nimmt und ihm Geborgenheit gibt.

Ich suchte keinen Muttertyp, die Beschreibung passte auch nicht auf Anja. Aber sie konnte einem Geborgenheit vermitteln. Warum beurteilte ich sie am Sonntagmorgen so verändert? Gut sah sie ja schon immer aus. Das habe ich auch nie in Abrede gestellt, war es doch der Sex, den ich mit ihr hatte? Nein, so außergewöhnlich war diese erste Nacht nicht, so etwas habe ich schon mit anderen erlebt.

Ich schätzte Anja wahrscheinlich falsch ein, das übliche Klischee einer Bedienung, das sie dann ganz und gar nicht wahr. Sie war bestimmt keine mit häufigem Partnerwechsel. Ich kannte sie nun fast ein Jahr, so lange arbeitete sie schon hier, ich hatte sie eigentlich noch nie mit einem Mann zusammen gesehen.

Was waren die wichtigsten Punkte einer Beziehung? Der andere musste einen körperlich ansprechen, das taten sowohl Anja, als auch Susie, obwohl sie grundverschieden aussahen.

Entsprach Anja dem Typ Frau, den man sich als Ideal vorstellt? Ideale waren aber nur Wunschvorstellungen, wenn dann jemand vor einem stand, konnte das ganz anders sein, das war für eine Beziehung unwichtig. Entsprach Susie mehr diesem Ideal?

Anja kannte ich besser als Susie. Besser? Man weiß nie, wie sich eine Beziehung entwickelt. Bei manchen langweilte man sich trotz sexueller Übereinstimmung schon nach kurzer Zeit. Das Sexuelle war zwar wichtig, aber eben nur unter anderem, das Leben spielte sich nur zu einem geringen Teil, abgesehen vom Schlafen, im Bett ab. Anja oder Susie? Ich wollte diese Frage jetzt endgültig klären.

Mit der Zeit wurde mir aber immer Klarer, dass sich diese Frage überhaupt nicht oder zumindest nicht an diesem Abend klären ließ. Also stellte ich mir eine andere Frage, wollte ich mit Anja zusammen sein? Auch dann noch zusammen sein, wenn Susie auftauchen würde?

Ich wollte Anja nicht enttäuschen, dazu mochte ich sie zu sehr. Wenn ich nicht überzeugt war, dass das mit uns eine längere Beziehung werden könnte, für die Ewigkeit kann man sowieso nicht planen, dann musste ich besser gleich wieder Schluss machen. Ich wollte Anja dann nichts vormachen, das hätte sie nicht verdient. Während ich diese Überlegungen anstellte, wurde mir ganz plötzlich klar, Anja war es.

Es stimmte doch alles, ich liebte sie, wir verstanden uns, auch sexuell, ich machte mir Sorgen über ihr Wohlbefinden. Was brauchte ich eigentlich noch für Argumente?

Und Susie? Letzten Mittwoch war ich noch Solo. Wenn sie wieder auftauchte? Hatte sich die Welt weiter gedreht, jetzt war Anja da.

Und die Besorgnis wegen Susie? Ich hätte es einfach nicht verstanden, wenn so ein hübsches, freundliches Wesen tot gewesen wäre. Das hatte nichts mit Anja zu tun.

Ich war froh, dass ich mich so entschieden hatte. Meine Stimmung besserte sich noch mehr, ich freute mich auf Anja, konnte es kaum erwarten sie zu sehen.

Ich trank mein Bier aus. Es war erst kurz vor 22 Uhr und Anja musste noch ein paar Stunden arbeiten, aber ich wollte sie wenigstens sehen und machte mich in die Gastwirtschaft auf.

8

Sie stand hinter dem Tresen, als ich das Lokal betrat, kam mir entgegen, begrüßte mich flüchtig, ich hauchte ihr zu, ich liebe dich und sie schaute mich daraufhin mit einem freudigen Lächeln an.

„Ich muss noch eine Weile arbeiten."

„Ja, ich weiß. Das macht aber nichts."

„Ich habe eine hoffentlich freudige Nachricht für dich."

„Welche?"

„Ich habe morgen Abend frei."

„Super, ich freue mich. Ab wann hast du frei?"

„So ab 15:00 Uhr nach den Mittagessen."

Ich wollte sie umarmen, ließ es aber, einige Gäste schauten schon. Und das hier war ihr Arbeitsplatz, ich wollte sie nicht in Schwierigkeiten bringen.

„Ich musste dich einfach sehen."

„Ist etwas passiert? Du bist so aufgekratzt."

„Nein, nein."

Ich setzte mich an den Tresen. Es waren wenige Gäste im Lokal.

„Machst du mir ein Bier?"

„Ja, sofort. Da hinten wollen welche Zahlen, ich komme gleich wieder."

Der Wirt trat aus der Küche, mit einem Teller Essen in der Hand. Bei dem Anblick und dem Geruch verspürte ich plötzlich Hunger, ich hatte an diesem Abend noch nichts gegessen.

„Was ist eigentlich mit der Frau, mit der du letzte Woche da warst?", fragte mich der Wirt, nachdem er den vollen Teller einem Gast gebracht hatte.

„Wieso fragst du?"

„Weil heute ein Polizist hier war, von der Mordkommission und Fragen stellte."

„Welche Fragen?"

Anja war in der Zwischenzeit hinzugekommen, sagte aber nichts.

„Der hat Bilder gezeigt und gefragt, ob wir die Frau schon einmal gesehen hätten."

„Mehr wollte er nicht wissen?"

„Doch, er hat auch nach dir gefragt und ob wir die Frau mit dir zusammen schon früher einmal gesehen hätten."

„Was wollte der über mich wissen?", ich schaute Anja an und hatte den Eindruck, dass sie absichtlich wegsah. Der Wirt antwortete auch nicht sofort und ich stellte die Frage noch einmal, indem ich jetzt ihn ansah.

„Ob wir dich näher kennen, ob du öfter hier bist?"

„Und?"

„Was und? Nichts weiter."

„Und, was habt ihr ihm gesagt?"

Jetzt war es Anja, die antwortete: „Ich habe ihm gesagt, dass wir zusammen sind, dass wir ein Paar sind."

Wieder hatte sie den Blick gesenkt.

„Was hast du? Das stimmt doch. Oder?"

Jetzt schaute sie mich wieder an und lächelte. „Ja."

Der Wirt kam wieder auf seine Ausgangsfrage zurück.

„Was ist jetzt mit der Frau, ist sie tot?"

„Nein, die Frau ist nicht tot. Die Tote, die Ermordete, ist ihre Schwester."

„Weißt du das von ihr? Hast du mit ihr gesprochen?"

Ich bemerkte mit einem Seitenblick, wie mich Anja gespannt

ansah.

„Ich habe heute Nachmittag mit dem Kommissar geredet, er hat mir ein paar Fragen gestellt, von ihm weiß ich es. Ich habe die Frau letzte Woche zufällig kennen gelernt, ich weiß nichts weiter von ihr und habe sie auch seither nicht mehr gesehen. Wenn die Sache mit dem Mord nicht gewesen wäre, hätte ich die Frau längst vergessen.“

Dem Wirt ging das alles nun wirklich nichts an, aber Anja. Die hatte gespannt auf meine Antwort gewartet.

„Hast du noch weitere Fragen, oder kann ich jetzt endlich etwas zum Essen und Trinken bekommen?“

Anja bemühte sich aufgerüttelt endlich das Bierglas voll zu schenken.

„Das soll ich dir machen?“, fragte mich der Wirt.

Ich bestellte gebackene Maultaschen mit Salat.

Die wenigen Gäste ermöglichten mir, mit Anja zu reden. Ich erzählte ihr, wie das mit dem Kommissar war. Sie sollte ab sofort fast alles wissen, ich wollte keine Geheimnisse vor ihr haben.

Um 24 Uhr waren nur noch zwei Bier trinkende Gäste an der Theke. Und der Wirt deutete Anja an, dass sie Schluss machen könne.

Sie ließ sich dies nicht zweimal sagen und mir war es nur recht. Ich hatte mich die ganze Zeit schon zurückhalten müssen, zu gerne hätte ich sie umarmt und geküsst. Mir war es nicht unrecht, dass Anja etwas müde war. Ich konnte es heute kaum erwarten mit ihr zu schlafen. Sie genoss meine Heftigkeit. Es wurde keine lange Liebesnacht, aber sehr intensiv.

„Morgen haben wir den ganzen Abend zusammen. Freust du dich?“

„Ja, Anja ich liebe dich."

Ich hatte ihr das an diesem Abend schon mehrmals gesagt, in den Tagen zuvor eigentlich kaum. Sie zeigte mir, dass sie das schön fand.

„Ich liebe dich auch, sehr sogar."

Es war wieder ein langer Kuss, der dann folgte und danach fragte sie: „Was wollen wir morgen dann unternehmen?"

„Unternehmen? Nichts, einfach nichts, ich mach früher Schluss und dann bleiben wir den ganzen Nachmittag und Abend im Bett und lieben uns."

„Die ganze Zeit?"

„Ja oder findest du den Gedanken nicht gut?"

„Doch, sehr gut sogar."

Wettermäßig würde es ein heißer Tag werden, aber abends könnte es wieder einmal Gewitter geben.

Wir waren dann doch nicht den ganzen Nachmittag im Bett. Zum Abendessen sind wir aufgestanden, auch zum Duschen und Rauchen. Wir waren so richtig hübsch verliebt. Keine Wolke am Horizont. Wir haben uns auch prächtig unterhalten, man konnte sehr gut mit ihr reden. Ich wusste jetzt auch, dass sie 25 Jahre alt war und am 3. Juni Geburtstag hatte. Donnerstag beim Frühstück sagte sie dann: „Heute Abend sehen wir uns nicht."

„Warum nicht?"

„Ich muss wieder einmal bis Ultimo arbeiten. Der Wirt hat die ganzen letzten Tage so schön Rücksicht genommen, aber ich bin halt bei ihm angestellt. Ist das schlimm?"

„Was soll ich denn den ganzen Abend und die Nacht ohne dich machen?"

„Dir wird schon etwas einfallen und Freitag Nacht komme ich wieder zu dir und am Samstag habe ich den ganzen Tag frei."

„Am Wochenende machen wir Party, da ist das große Stadteinweihungsfest mit SWR3-Party, Wirtschaftswunder, Umzug und Feuerwerk."

„Ja machen wir auch, also bis Freitag."

„Und heute komme ich wenigstens auf ein Bier bei dir vorbei."

„Bitte nicht, sonst werde ich wieder schwach."

„Du liebst mich nicht."

„Doch, gerade weil ich dich liebe, machen wir es so."

„Bestimmst du jetzt schon über mich?", fragte ich scherzhaft.

„Nein, ich tue immer alles was du willst. Aber verstehe doch, ich muss halt arbeiten gehen."

Ich verstand sie. Als Bedienung musste sie arbeiten, wenn andere frei hatten.

„Ich verspreche dir, ich regele das so, dass ich den Samstag frei habe und an zwei anderen Abenden in der Woche nicht arbeiten muss und dann einmal auch früher gehen kann. Dann hast du mich vier Abende in der Woche. Das ist doch nicht schlecht, andere sehen sich nicht so oft."

Damit konnte ich leben. Natürlich waren wir sehr verliebt und als Verliebte wollte man möglichst immer zusammen sein. Es war aber auch kein Fehler, wenn man eine Pause zum Luftholen hatte. Mann hatte auch noch seinen Freundeskreis

„Also gut, dann hole ich dich morgen Abend wieder ab."

9

Ich war wieder einmal richtig beschwingt bei der Arbeit, selbst mein Chef bemerkte dies und war erfreut, da ich an den vergangenen Arbeitstagen nicht immer so fit war.

Ich ging also am Abend nicht zum Seebeck, obwohl es mich ziemlich dahin zog, sondern ins Vereinsheim. Donnerstags ist immer Kartenabend. Ich musste mir einige Frotzeleien gefallen lassen, meine Beziehung zu Anja war nicht unbemerkt geblieben, obwohl Tobias sicher nichts herumerzählt hatte, das machten wir gegenseitig nicht.

„Und kannst du mir wenigstens am Samstag beim Gartenumgraben helfen?"

„Bei dem Wetter?"

„Ja, bei dem Wetter, ich muss fertig werden, wenn ich jetzt nicht endlich Rasen sähe, kann ich es für diese Jahr sein lassen. Du hast es mir versprochen."

„Geht das nicht morgen Nachmittag auch schon, ich habe am Samstag keine Zeit."

„Scheiß Frauen. Dann bring sie halt mit, ich habe auch für Anja einen Spaten."

So schnell ging das also, man kennt eine Frau noch keine Woche und schon kann man nicht mehr frei über seine Zeit verfügen.

„Also bis Samstag, aber nur zwei Stunden."

„Aber Samstagabend kommst du schon zu Wirtschaftswunder?"

„Da muss ich erst mit Anja sprechen."

„Ich muss Anja fragen", äffte mich Tobias nach, „was hast du mir immer erzählt, wenn du einmal eine Frau kennen lernst, dann lässt du nicht über dich bestimmen und jetzt? Noch keine Woche und schon musst du Anja fragen."

„Quatsch, natürlich komme ich, aber halt zu zweit, das mit Anja ist etwas anderes."

„Dann pass bloß auf, nicht, dass du demnächst nicht einmal mehr abends ins Vereinsheim gehen kannst, geschweige denn sonst wohin."

„So schlimm kommt es schon nicht, das muss sich alles erst einspielen."

„Wir werden ja sehen."

Damit war das Thema wenigstens beendet. Es wurde ein langer Abend mit sehr viel Alkohol. Wir spielten zwar um keinen hohen Geldbeträge, aber so 25 EURO habe ich an diesem Abend beim Skatspielen schon verloren. Auf dem Nachhauseweg überlegte ich, ob ich noch beim Seebeck vorbeischauen sollte, ließ es dann aber. In meinem alkoholisierten Zustand musste mich Anja nicht unbedingt sehen, mit mir wäre bestimmt auch nicht mehr allzu viel anzufangen gewesen.

Als ich in die Straße einbog, in der meine Wohnung lag, sah ich vor dem Haus eine Person, die frierend vor der Eingangstüre stand. Als ich den Wagen abgestellt hatte, ging ich zunächst langsam Richtung Haustüre, dann sah ich, dass es eine Frau war.

„Susie!", rief ich entsetzt, als ich die Person erkannte.

„Bitte, hilf mir. Bitte!", flehte sie mich an.

„Aber warum? Was machst du hier?"

„Können wir nicht hineingehen. Bitte hilf mir."

„Aber warum gerade ich?"

„Ich kenne sonst niemand hier. Bitte!", flehte sie mich noch einmal an.

Auf der Straße konnte ich sie nicht stehen lassen. Es war recht kühl im T-Shirt, mich fror auch schon.

„Gut, dann komm mit hinein.“

Was tat sie hier? Woher wusste sie eigentlich meine Adresse.

„Wie kommst du zu meiner Adresse?“

„Gerd Merl, sagtest du mir, heißt du. Ich wollte es damals nicht wissen. Im Telefonbuch gibt es nur einen Gerd Merl in Rutesheim.“

Obwohl ich eigentlich schon genug getrunken hatte, holte ich mir noch ein Bier aus dem Kühlschrank, sie wollte nichts trinken, nur eine Zigarette. Bei unserem ersten Kennenlernen hatte sie nicht geraucht.

„Und jetzt? Wie geht der Traum weiter?“, fragte ich dann gereizt, als wir in meinem Wohnzimmer saßen.

„Ich verstehe dich ja, ich habe mich letzte Woche nicht gerade gut benommen. Ich sagte auch, du solltest mich vergessen, anscheinend ist dir das gut gelungen.“

Sarkasmus konnte ich nicht ertragen, aber wenn ich sie so ansah, dann war das kein Sarkasmus. Sie hatte sich ganz unschön verändert. Strähnige Haare, eingefallene Wangen, verweinte Augen und was sie an hatte, trug sie nicht erst seit heute früh. So wie sie aussah, tat sie mir leid.

„Ich weiß zwar nicht, wie ich dir helfen kann, aber bevor ich dir helfe, müsste ich alles wissen, alles, hörst du?“

„Ja, ich erzähle dir alles. - Morgen.“

„Morgen? Nein, jetzt.“

„Dafür brauchen wir aber die halbe Nacht, du siehst nicht aus, als ob du so fit wärst. Kann ich bei dir übernachten?“

Ich war wirklich nicht mehr fit, eher sogar stark betrunken.

„Gut, aber dann sag mir wenigstens wie du heißt.“

„Susie.“

„Du wolltest mir doch alles sagen, dachte ich?“

„Doch, Susie stimmt schon.“

Ich wusste doch, dass sie Sabine hieß, Susanne war tot.

„Deine Schwester heißt so.“

Jetzt fing sie unvermittelt heftig zu weinen an. Irgendwie kam ich mir hilflos vor. Ich saß einfach da und wartete. Als sie sich wieder etwas beruhigt hatte, sagte sie dann unter schluchzen: „Meine Schwester heißt Susanne. Ich heiße Sabine, aber alle nennen mich Susie.“

Dann wurde ihr weinen wieder heftiger, aber schlagartig fasste sie sich dann wieder. "Woher weißt du, wie meine Schwester heißt?“

„Aus der Zeitung.“

Wenn sie mir nicht alles sagen wollte, dann brauchte sie auch nicht zu wissen, woher ich meine Informationen hatte.

„Ich erzähle dir morgen wirklich alles, aber ich kann jetzt nicht mehr. Siehst du denn nicht, dass es mir fürchterlich schlecht geht?“, schrie sie mich fast an.

„Ich dachte, ich sollte dir helfen?“

„Wenn du nicht willst, gehe ich wieder.“

Erneut fing sie zu weinen an. Sie tat mir wirklich leid, wie sie so da saß und dann war ja auch ihre Schwester getötet worden. Ich wollte sie nicht weiter quälen und ziemlich müde war ich auch.

„Du kannst hier auf dem Sofa schlafen.“

„Danke.“

„Hast du irgendwo Gepäck? Unten habe ich keines gesehen?“

Sie schüttelte nur den Kopf.

„Brauchst du irgendetwas?“

Wieder schüttelte sie nur den Kopf. Ich brachte ihr eine Decke.

Sie zog nur ihre Schuhe aus und legte sich in voller Kleidung schlafen. Wenn ich nicht so betrunken gewesen wäre, hätte ich in dieser Nacht sicher nicht schlafen können.

Sie schlief noch, als ich am nächsten Morgen nach ihr schaute. Die Nacht war viel zu kurz gewesen. Ich hatte nur knapp vier Stunden geschlafen, dann klingelte der Wecker. Ich musste zur Arbeit. Was sollte ich mit Susie machen? Sollte ich sie schlafen lassen? Sie nahm mir die Entscheidung ab, als sie die Augen aufschlug, wie ich gerade aus dem Zimmer gehen wollte. Ihr Zustand war immer noch nicht viel besser.
„Ich muss jetzt zur Arbeit.“
„Kann ich hier bleiben, bis du wieder kommst?“
Eigentlich passte mir dies überhaupt nicht. Ich wusste nicht warum sie hier war und hatte jetzt auch keine Zeit, sie danach zu fragen.
„Ich habe dir aber keinen Schlüssel, du musst in der Wohnung bleiben.“
„Ja, das ist schon recht.“
„In der Küche hat es etwas zu essen, Kaffee ist auch noch da.“
„Danke.“
Sie saß jetzt auf dem Sofa noch ziemlich verschlafen. Ich ließ sie alleine, ich musste zur Arbeit.
An diesem Tag bot ich dann wieder einmal einen erbärmlichen Anblick. Übernächtigt, den Alkoholgeruch hatte ich trotz Zähneputzen und Mundwasser nicht weg bekommen. Mein Chef bemerkte nur: „Gestern ging es ihnen aber besser.“
Ich antwortete ihm nicht darauf. Das wusste ich selbst, mir war es auch nicht recht. Es wurde wieder ein fürchterlicher Arbeitstag.

Das mit dem Alkohol wäre nicht so schlimm gewesen, solche Tage hatte ich in letzter Zeit öfters, daran hatte ich mich schon gewöhnt, aber da war wieder die Sache mit Susie. Ich wusste nicht, was sie wollte und ich musste sie bis zum Abend loswerden. Anja kam dann, wie sollte ich ihr erklären, was Susie in meiner Wohnung tat?
Jetzt wäre ich froh gewesen, hätte ich Anja auch gestern von der Arbeit abgeholt, dann hätten wir gemeinsam Susie gefunden. Aber was spielte das überhaupt für eine Rolle, da war nichts mit Susie, also was sollte Anja dagegen haben, ich konnte ihr alles erklären.

10

Ich war froh, dass ich um 15.30 Uhr endlich nach Hause gehen konnte. Susie war noch da. Jetzt wirkte sie erholter, sie hatte anscheinend geduscht, vielleicht auch noch geschlafen. Sie trug immer noch dieselben Kleider, aber augenscheinlich hatte sie diese aufgebügelt. Sie wollte mich mit einem Kuss begrüßen, ich erwiderte ihn aber nicht.

„Entschuldige bitte, ich habe ein Handtuch benutzt und dein Bügeleisen."

„Das ist schon in Ordnung. Könntest du mir endlich erzählen, was du willst, warum du hier bist, wie ich dir helfen kann?"

Ich wollte das jetzt wissen und sie schnell loswerden.

„Gut, wenn du darauf bestehst."

„Ja, ich bestehe darauf."

Wir setzten uns im Wohnzimmer auf den Sofa. Es dauerte eine Weile, bis sie zu erzählen begann.

„Ich wohne mit meiner Schwester Susanne in einem kleinen Dorf in der Nähe von Trier. Wir haben eine gemeinsame Wohnung, das heißt es war eigentlich ihre Wohnung und ich bin vor zwei Jahren dort eingezogen.

Es war alles gut, bis ich vor zwei Monaten diesen Mann kennen lernte. Zunächst war alles schön und in Ordnung. Wir waren verliebt, ich fragte in nicht was er tat, er war eben fast jeden Abend da. Meine Schwester hatte nichts dagegen. Jede hatte ihr eigenes Zimmer und da war öfter ein Mann oder auch einmal zwei.

Vor zwei Wochen kam er dann einmal und war ziemlich mit Blut verschmiert. Er sagte, dass er von ein paar Rockern überfallen worden sei, die ihn verprügelt hätten. Ich glaubte ihm dies. Am nächsten Tag kam er dann überhaupt nicht. In der Nacht rief er mich aber an, er bat mich, ihm zu helfen, ich sollte ihn in der Nähe von Stuttgart am nächsten Tag abholen. Er nannte mir eine Adresse, worum es ging, wollte er mir am Telefon nicht sagen. Ich erzählte das am Morgen meiner Schwester. Ich sagte ihr, dass ich Rolf, so heißt mein Freund, helfen wolle und nach Stuttgart fahre. Sie sollte mich bei meiner Firma krank melden. Dann bekam sie aber plötzlich Angst und wollte mich nicht alleine gehen lassen. Weil ich mich nicht von meinen Entschluss abbringen ließ, entschloss sie sich mitzufahren."

Jetzt hielt sie inne und ich sah wie ihr Tränen in die Augen stiegen.

„Wäre sie doch zu Hause geblieben, dann würde sie jetzt noch leben. Ach Susanne, es tut mir so leid", schluchzte sie.

Ein Häuflein Elend saß da vor mir, ich konnte nicht anders, ich musste sie in den Arm nehmen. Ich strich ihr übers Haar. Langsam beruhigte sie sich wieder und erzählte dann weiter.

„Also, wir sind zu der angegebenen Adresse gefahren, hier in einem Nachbarort. Rolf war dort. Ihm ging es nicht gut. So wie er aussah, war er noch einmal verprügelt worden. Ich wollte gleich aufbrechen, aber er sagte, er müsse noch zwei, drei Tage auf einen Freund warten, dem er versprochen hatte, ihm zu helfen. Wir wollten trotzdem sofort zurückfahren. Er bat uns, zu bleiben, weil, wenn der Bekannte eintreffen würde, müssten wir gleich weg, er sei da in eine blöde Sache verwickelt. Ich weiß heute nicht mehr, warum wir dann doch geblieben sind, wahrscheinlich aus Neugier, alles war so spannend und Rolf sah wirklich nicht gut aus. Vor allem meine Schwester war es, die ihm helfen wollte.

Mein Gott, ich habe ihn nicht geliebt, es war nur eine Spielerei und für so etwas musste sie sterben."

Wieder Tränen. Sie hatte sich zwischenzeitlich an mich geschmiegt und hielt mich ganz fest, fast krampfhaft.

„Das war also an dem Donnerstag", begann ich das Gespräch wieder, „und wie war das mit der Brille?"

„Wir waren in der Wohnung und warteten. Mir wurde es langsam langweilig, es war so trostlos in der Wohnung und draußen war so schönes Wetter. Ich fand, als ich etwas in Susannes Tasche suchte, das Rezept für die Brille und kam auf die Idee, dass wir diese doch kaufen könnten. Ich wusste ja nicht, dass man die Brille nicht gleich mitnehmen kann. Susanne wollte nicht, sie ist so ein mütterlicher Typ, sie wollte bei Rolf bleiben. Ich bin losgefahren und dann habe ich den Laden gesehen und habe meinen Wagen in einer Seitenstraße geparkt und den Rest kennst du ja."

„Nicht ganz. Weshalb hast du gerade mich ausgesucht und warum kamst du überhaupt wieder aus dem Laden?"

„Nun, ich konnte mich wirklich nicht entscheiden mit der Brille. Susanne sieht mir ähnlich und du warst der Einzige, der allein an einem Tisch saß."

„Warum bist du dann abends mit mir ausgegangen?"

„Ich wollte dies zunächst nicht, ich hatte tatsächlich nur zugesagt, weil ich dich schnell loswerden wollte. Aber dann in der Wohnung wieder die Trostlosigkeit. Sie haben heftig mit mir gestritten, als ich ihnen sagte, dass ich noch einmal weggehe. Aber ich war es leid, dort herum zu sitzen und an Rolf hatte ich auch kein Interesse mehr. Um so mehr, schien es mir, meine Schwester. Ich weiß nicht, was sie miteinander geredet hatten, als ich fort war.

Ich beendete dann das Streitgespräch, indem ich fragte, ob der Bekannte von Rolf an diesem Tag noch kommen würde. Als er dies verneinte, ging ich einfach. Es war so ein schöner Abend mit dir und als ich dann daran dachte, dass ich wieder in die Wohnung zurück sollte..., wenn du mich gefragt hättest, ich wäre wahrscheinlich mit zu dir gegangenen."

Sie lehnte sich noch enger an mich und sah mir in die Augen. Vor zwei Tagen war ich noch sicher, dass Anja die einzige sein würde. Aber als ich jetzt Susie so ins Gesicht sah. Wir saßen eine ganze Weile so da, mir kam es jedenfalls so vor. Wir waren nahe daran uns zu küssen. Ich riss mich aber zusammen, ich hatte ja noch nicht die ganze Geschichte gehört.

„Und, wie ging dann die Geschichte weiter?", beendete ich die Szene.

„Ich fuhr also in die Wohnung zurück. Ich hatte einen Schlüssel mitgenommen. Es war niemand mehr da. Meine Schwester nicht und auch Rolf nicht. Ich war völlig verzweifelt. Ich mache mir immer und immer wieder Vorwürfe, weil ich mit dir ausgegangen bin. Vielleicht wäre alles ganz anders gekommen, wenn ich dies nicht getan hätte."

„Du hättest gleich zu mir kommen sollen, vielleicht hätten wir gemeinsam etwas erreichen können."

„Das habe ich mir auch überlegt, aber ich konnte nicht weg, ich wusste ja nicht, was mit den beiden geschehen war. Auto hatten sie keines, ich hatte zunächst gehofft, dass sie nur an die frische Luft gegangen seien. Aber sie kamen nicht, den ganzen Freitag habe ich in der Wohnung gewartet, ich hatte schreckliche Angst und wusste nicht, was ich tun sollte. Und dann war ja noch der Freund von Rolf, der kommen sollte. Gegen Abend ging ich, weil in der Wohnung kein Telefon war, zu einer Telefonzelle und rief in unserer Wohnung an, aber es meldete sich niemand. Ich habe das dann die ganze Nacht stündlich getan, aber es meldete sich niemand. Ich wurde fast wahnsinnig vor Angst und wusste einfach nicht, was ich tun sollte. Ich konnte die ganze Nacht nicht schlafen. Am Samstag Morgen immer noch nichts, ich war ziemlich fertig. Ich saß nur noch in der Wohnung und habe geweint, unfähig irgendetwas zu tun, ich konnte keinen klaren Gedanken fassen.

Gegen 10 Uhr klingelte es an der Wohnungstür. Obwohl ich nicht wusste wer es war, ging es mir augenblicklich besser. Insgeheim hatte ich gehofft, dass es meine Schwester oder Rolf wären. Aber es war ein Mann, den ich noch nie zuvor gesehen hatte. Ich fragte ihn, ob er der Freund von Rolf sei. Er sagte ja und er wisse auch wo meine Schwester und er seien, er solle mich abholen. Ich war so froh und sah keinen Grund, ihm zu misstrauen. Als wir durch Rutesheim fuhren, fiel mir die Brille wieder ein und er hielt an, damit ich sie abholen konnte. Wir fuhren Richtung Stuttgart, ich habe nicht auf den Weg geachtet. Irgendwann hielt er in der Tiefgarage eines Hochhauses. Wir fuhren mit dem Aufzug in eine Wohnung im obersten Stock des Hauses. Dort führte er mich in ein verdunkeltes Zimmer und befahl mir zu warten. Ich hörte, wie er mich in dem Zimmer einschloss und die Wohnung dann verließ. Zunächst machte ich mir keine weiteren Gedanken, ich glaubte ja, dass ich meine Schwester bald wieder sehen würde, aber er kam nicht zurück. Mir wurde es wieder unheimlich. Ich wollte den Rollladen hochziehen, aber das Band war abgeschnitten. Die Fenster ließen sich auch nicht öffnen, die Griffe waren abgeschraubt. Ich habe wie eine Wahnsinnige mit bloßen Händen auf den Fußboden und an die Wände geklopft, aber es hörte anscheinend niemand. In dem Zimmer war nur eine Matratze und eine Decke. Ich kam fürchterlich in Panik, als ich merkte, dass ich in dem dunklen Raum gefangen war. Auch kein Licht, es ging nicht.

Gegen Abend hörte ich, dass jemand die Wohnung betrat, ich schöpfte wieder Hoffnung. Plötzlich ging auch das Licht an und ein Mann, den ich zuvor noch nie gesehen hatte, betrat das Zimmer. Ich schaute ihn erwartungsvoll an, aber er erkundigte sich nur, ob ich Hunger hätte und aufs Klo müsste. Ich fragte ihn nach meiner Schwester, aber er zuckte nur mit den Achseln, auch bei der Frage nach Rolf. Ich soll dir nur zu essen bringen, mehr weiß ich nicht, war seine Antwort. ich musste aufs Klo, er führte mich hin und bestand darauf, dass die Tür offen blieb. Er behandelte mich anständig, er drehte sich sogar um, während ich auf der Schüssel saß.

Auf alle meine Fragen gab er mir immer nur die monotone Antwort, dass er nichts wisse, er ließ mir Brot, etwas Wurst, Käse, Milch und einen Flasche Wasser da. Schloss mich wieder ein, wenigstens ließ er das Licht brennen. Es war nur eine Fassung an der Decke, in die eine Birne geschraubt war, die ein sehr diffuses Licht verbreitete. Mir wurde langsam klar, dass man mich gefangen hielt. Ich wusste zwar nicht weshalb, aber ich konnte es auch nicht ändern. Irgendwann bin ich dann eingeschlafen, ich war total fertig."

Sie hielt in ihrer Erzählung inne und trank einen Schluck Cola, die sie schon vorher auf dem Tisch stehen hatte. Ich setzte mich wieder aufrecht und als ich keine Anstalten machte, sie wieder in den Arm zu nehmen und auch nichts sagte, fuhr sie in ihrer

Erzählung fort.

„Ich erwachte nach meiner Uhr gegen 9 und verspürte einen fürchterlichen Drang aufs Klo zu gehen. Mein Gott es war so schrecklich, der Mann kam nicht. Ich habe dann in eine Ecke des Zimmers gemacht, ich ekelte mich so sehr. Es war furchtbar. Gegen Abend kam der Mann wieder, es lief wie am Vortag. Als er das in der Ecke bemerkte, brachte er mir einen Eimer mit Wasser und einen Putzlappen. Ich habe es auf gewischt, er sagte nichts dazu und ging. Nach etwa 15 Minuten kam er wieder und stellte mir wortlos eine Packung Pampers hin. So ging das auch am folgenden Tag. Ich konnte mich nicht waschen, kein Tageslicht, nichts zu tun und es stank fürchterlich. So schreckliche Tage habe ich in meinem ganzen Leben noch nicht durchgemacht. Ich habe immer wieder geklopft und sank dann wieder in tiefe Depressionen, wegen meiner aussichtslosen Lage. Ich wusste nicht einmal, was man von mir wollte. Einmal dachte ich an Selbstmord, machte mir dann aber Vorwürfe, dass ich überhaupt auf den Gedanken gekommen war. Am Dienstag hatte ich mich wieder etwas innerlich gefangen, ich hatte mich irgendwie mit meiner Lage abgefunden und überlegte, wie ich aus dem Zimmer fliehen könnte. Ich hatte einige Ideen, aber sie schienen mir alle nicht praktikabel. Am Abend kam der Mann wieder und ließ mir auch einen Stapel alter Zeitungen da, unter anderem auch die Sonntagszeitung. Ich blätterte sie durch und saß zunächst wie versteinert vor dem Bild. Das war meine Schwester, ich erkannte sie ganz deutlich. Ich brach völlig zusammen und weinte nur noch. Meine Schwester war tot, ich konnte es nicht begreifen. Warum bloß?"

Sie hatte jetzt wieder Tränen in den Augen und suchte meine

Nähe. Ich nahm sie in den Arm und versuchte sie still zu trösten. Es dauerte eine ganze Weile, bis sie sich wieder beruhigte.

„Und? Wie ging die Geschichte weiter?"

Ich wollte jetzt endlich wissen, wie sie zu mir gekommen war.

„Ich habe, bis der Mann am Mittwochabend kam, fast nur geweint. Als er ins Zimmer trat, ging ich wütend auf ihn los. Schlug mit meinen Fausten auf ihn ein und schrie in an, warum sie meine Schwester umgebracht hätten. Er stieß mich weg. Legte wie immer Brot, Wurst, Milch und Wasser hin und schloss mich sofort wieder ein. Aufs Klo ließ er mich diesmal nicht. Als er weg war, nahm ich die Bettdecke und schlug damit so lange gegen das Fenster, bis die Scheibe zerbrach. Ich fühlte nur noch Wut in mir und wollte weg, irgendwie weg. Ich versuchte den Rollladen hochzuschieben, was mir aber nicht gelang. Zunächst ließ ich mich entmutigt auf die Matratze fallen. Dann nahm ich aber Scherben von der Scheibe und begann an der Tür zu kratzen. Mit der Zeit entwickelte ich eine Technik, mit der es mir mühselig gelang, das Holz um das Schloss auszusägen. Ich arbeitete die ganze Nacht. Total übermüdet habe ich es gegen Morgen tatsächlich geschafft und die Tür ging auf. Ich wollte sofort aus der Wohnung verschwinden. Aber die Wohnungstür war auch abgeschlossen. Mir kam die Idee, Passanten zu alarmieren, mir fiel dann aber ein, dass die Wohnung eventuell beobachtet würde und ließ es. Mit Messern, die ich in der Küche fand, gelang es mir tatsächlich, das Schloss abzuschrauben, die Tür sprang auf. Ich wusch mich und zupfte meine Kleidung zurecht. Vorsichtig verließ ich die Wohnung im obersten Stock. Ich traute mich nicht den Aufzug zu benützen und ging die Treppe hinunter. Es gab nur einen Ausgang, ich wartete lange, aber es blieb mir keine andere

Möglichkeit, ich musste durch diesen hinaus. Ich schaute mich immer wieder um, aber es folgte mir anscheinend niemand. Ich wusste nicht wo ich war.

Ich wusste nicht, wohin ich hin gehen sollte und hatte Angst, dass die Männer mich entdeckten. Ich hoffte, dass der eine Mann erst am Abend wieder käme, so wie in den Tagen zuvor. Ich lief ziellos durch die Straßen, Passanten drehten sich nach mir um, ich bot bestimmt keinen schönen Anblick. Als ich auf eine Straßenbahnhaltestelle traf, suchte ich den Plan ab, um zu erfahren, wo ich war. Ich hatte kein Geld, der Mann, der mich in die Wohnung brachte, hatte meine Handtasche mitgenommen. Aber ich musste weg, also stieg ich in die Straßenbahn ein, die Richtung Hauptbahnhof fuhr. Ich wusste immer noch nicht, wo ich hin sollte, es war mittlerweile schon nach 15 Uhr. Wenn man mein Verschwinden noch nicht bemerkt hatte, dann aber sicher etwa zwei Stunden später, da kam der Mann immer. Ich habe mich auf dem Bahnhof herumgetrieben. Habe immer versucht mich zu verstecken. Ich war völlig ratlos. Kein Geld."

„Du hättest doch zur Polizei gehen können."

„Das fiel mir irgendwie nicht ein. Sondern ich hatte sogar Angst, wenn ich einen Polizisten sah. Irgendwann fiel mir der Name von deinem Wohnort auf, als ich wieder einmal den Fahrplan studierte. Und du fielst mir auch wieder ein. An jeder zweiten Station bin ich ausgestiegen und habe auf die nächste ist S-Bahn gewartet. Ich hatte so fürchterliche Angst, dass mich irgendwer erkennen würde. Und irgendwann an diesem Abend stand ich dann vor deiner Wohnung. Niemand machte auf. Zunächst wollte ich dich suchen. Aber auch hier hatte ich Angst, dass die Männer mich fänden. Ich hielt mich also in der Nähe deiner Wohnung in

Hauseinfahrten versteckt und wartete. Ich hatte Glück, viele Menschen waren nicht unterwegs. Und dann kamst du endlich."

Sie drückte sich wieder ganz fest an mich.

„Jetzt weißt du alles. Hilfst du mir?"

Ich überlegte. Zunächst wusste ich nicht, wie ich ihr helfen sollte. Dann gab es für mich nur eine mögliche Lösung: „Wir müssen zur Polizei."

„Nein, bitte, nicht!", sie sah mich ängstlich an. "Bitte nicht, ich habe solche Angst. Ich weiß nicht wo ich hingegen soll und wenn die mich finden, bringen sie mich um."

Ich versuchte sie noch ein paar Mal zu überzeugen, dass die Polizei die einzige Möglichkeit sei. Sie ging jedoch nicht darauf ein.

„Lass mich bitte noch eine Nacht hier schlafen, ich mache dir wirklich keine Schwierigkeiten. Ich muss mir das erst überlegen. Ich muss erst wieder etwas zu mir selbst finden. Gib mir bitte Zeit bis morgen."

Ich weiß nicht mehr, warum ich mich darauf einließ, es war eigentlich unsinnig. Und da war auch noch Anja. Wie sollte ich ihr beibringen, dass Susie bei mir in der Wohnung war. Hätte ich sie doch nur am Abend zuvor abgeholt. Ich unterließ weitere Versuche, weil es mittlerweile schon nach 20 Uhr war und ich hatte Anja zugesagt, so gegen 22 Uhr vorbeikommen und wir würden dann noch zur SWR3-Party gehen. Und wenn ich jetzt noch mit Susie zur Polizei ging, dann dauerte dies wahrscheinlich länger. Wer weiß, ob Bunger gleich da sein würde. Deshalb wohl wehrte ich mich nicht weiter und ließ Susie in meiner Wohnung. Ich war mir nicht im Klaren darüber, in welcher Gefahr Susie schwebte. Ich hatte zwar den Mord irgendwie miterlebt, aber in die Geschichte, die mir Susie erzählte, konnte ich mich trotz allem nicht hineinversetzen. Ich sah ihr nur an, dass es ziemlich schreckliche Tage für sie waren. Wenn ich mich an sie erinnerte, wie sie aussah, als wir uns zum ersten Mal trafen und jetzt - dann konnte ich mir in etwa vorstellen, was sie durchgemacht hatte.

Wenn ich an Kommissar Bunger dachte, an seine ständigen Fragen, dann war es bestimmt besser, wenn sie nicht sofort zur Polizei ging, sondern sich noch einen Tag erholte.

„Woher weißt du eigentlich, dass ich Sabine heiße? Davon stand doch nichts in der Zeitung?", unterbrach sie meine Gedanken. Sie weinte jetzt nicht mehr, aber sah mich sehr ernst an.

„In der Sonntagszeitung nicht, aber ..."

„Ich habe alle Zeitungen gelesen, die bei dir im Zeitungsständer liegen, von mir war nie die Rede."

Warum sollte ich ihr nicht erzählen, wie ich zu meinem Wissen gekommen war, das war kein Geheimnis.

„Als ich vergangenen Samstag von der Ermordung lass und mir die Personenbeschreibung vor Augen hielt, fielst du mir sofort ein. Ich war total entsetzt und ging gegen Abend zur Polizei. Man bat mich deine Schwester zu identifizieren."

Ich musste wieder an den schrecklichen Anblick der Toten denken, nein, das konnte ich ihr nicht erzählen.

„Wie hat sie aus gesehen?", sie sah mich mit ausdruckslosen Augen an.

„Sie sieht dir sehr ähnlich."

„Wie hat sie ausgesehen?"

„Hast du schon einmal einen Toten gesehen?"

„Ja, meine Oma."

„Und wie sah sie aus?"

„Sie war friedlich eingeschlafen, irgendwie ein zufriedener Gesichtsausdruck. Hat sie auch so ausgesehen?"

Sollte ich Ihr die Wahrheit sagen? Nein, das würde ihr nicht helfen.

„Das Gesicht war ausdruckslos, sie hatte die Augen geschlossen." Das war nicht gelogen. Ich merkte, wie sie wieder mit Tränen kämpfte.

„Am Dienstag stand dann in der Zeitung, dass die tote Susanne hieß. Ich glaubte schon, dass ich mich geirrt hätte, deshalb ging ich noch einmal zur Polizei und der Kommissar erzählte mir, dass sie dich suchen, dass du auch verschwunden seiest."

Sie legte sich an meine Schulter und begann wieder zu weinen.

„Ich, ich ganz allein bin schuld, dass meine Schwester tot ist" schluchzte sie los. "Wenn ich doch diesen Rolf nie kennen gelernt hätte."

„Du bist nicht schuld", versuchte ich sie zu trösten. Ich legte wieder meinen Arm um sie.

„Doch. Ich allein bin schuld."

Ich strich ihr mit der anderen Hand unter dem Haaransatz am Nacken entlang. Wenn sich bei mir jemand ausweinte, konnte ich die Menschen eigentlich immer gut trösten. Aber bei Susie. Ich konnte sie nicht trösten, den Tod ihrer Schwester konnte ich nicht ungeschehen machen. Ich konnte ihr nur etwas Geborgenheit vermitteln. Sie schmiegte sich immer enger an mich und küsste mich dann unvermittelt auf den Mund. Ich erwiderte den Kuss nicht, ich dachte an Anja. Sie sah mich nicht einmal an, aber irgendwie glaubte ich, ihr eine Erklärung schuldig zu sein.

„Ich habe eine Freundin."

„Ist schon in Ordnung", und dann fügte sie noch in dem gleichen ausdruckslosen Ton hinzu, „ich will nur, dass du mir hilfst. Ich habe sonst niemand. Hilfst du mir?“

„Ja.“

Ich löste mich von ihr und ging ins Bad, um mich zu duschen. Danach zog ich frische Kleider an, packte Zahnbürste und Rasierer in meine Badetasche. Mehr nahm ich nicht mit.

„Du kannst in meinem Bett schlafen. Ich komme erst morgen wieder“, sagte ich ihr, als ich ging.

Sie sagte nur: „Tschüss.“

11

Ich versuchte mich gedanklich von Susie zu lösen, als ich das Wirtshaus betrat. Wie ich dann Anja sah, sie nahm gerade an einem Tisch eine Bestellung auf, fühlte ich mich wieder in die Gegenwart versetzt. Die Geschichte mit Susie verschwand urplötzlich wie ein Traum. Schön sah Anja aus, ich liebte sie. Sie strahlte, als sie mich sah, aber wie üblich nur ein flüchtiger Kuss. Sie hatte noch Gäste. Von meinen Bekannten war niemand da, waren alle auf der Party.
„Ich bin gleich fertig, dann können wir gehen."

Als wir das Festzelt gegen 2 Uhr verließen, fiel mir wieder ein, dass wir nicht zu mir konnten. Ich musste ihr das mit Susie noch erklären, aber nicht jetzt. Sie nahm mir, was sie mir noch sympathischer machte, alle Überlegungen ab. Als wir ins Auto stiegen, fragte sie mich: „Können wir heute zu mir gehen, ich habe überhaupt nichts dabei."
„Sicher", sagte ich, für meine Begriffe fast zu voreilig, aber mir schien dies bestimmt nur so, „schau, ich habe meine Zahnbürste und den Rasierer vorsorglich schon dabei, wo wir zusammen schlafen, spielt keine Rolle."
Es war schön mit ihr. Mit ihr konnte ich so herrlich unbeschwert sein. Ich genoss das, ich war verliebt.
Es war gegen Mittag, als wir erwachten. Ich beeilte mich frische Brötchen zu holen. Sie hatte ein richtig schönes Frühstück vorbereitet.
„Bist du mir böse, wenn ich heute Nachmittag Tobias ein, zwei Stunden beim Gartenumgraben helfe? Ich habe es ihm

versprochen. Du kannst mithelfen."

Das Wetter hatte sich noch nicht sehr verändert, es war nicht kalt, aber nicht so richtig Sommer.

„Bist du mir böse, wenn ich den Samstag nütze, um mir ein paar neue Klamotten zu kaufen? Mich zieht es bei diesem Wetter eigentlich nicht so sehr zur Gartenarbeit."

Natürlich hatte ich nichts dagegen. Wir verabredeten uns für sechs bei ihr, sie wollte uns etwas Kochen und am Abend wollten wir wider ins Festzelt gehen.

Ich musste ihr das mit Susie in meiner Wohnung noch erklären, aber wozu sollte ich unsere Zweisamkeit stören, nicht jetzt am Wochenende, das hatte in der nächsten Woche noch Zeit. Wir mussten ja nicht zu mir in die Wohnung. Anjas Wohnung war zwar etwas kleiner als meine, aber für zwei Verliebte ausreichend.

Mit jedem Spatenstich verfluchte ich meine Zusage, Tobias zu helfen. Ich war Gartenarbeit nicht gewöhnt. Er schaute mich ab und zu belustigt an, ihm machte es anscheinend nichts aus. Nach knapp zwei Stunden gab ich auf. Tobias bedankte sich trotzdem, da wir ein ganzes Stück weiter gekommen waren, fast schon fertig.

„Und jetzt pflanzt du hier überall Gras ein?"

„Ja, weil Rasen mähen ist einfacher, als Pflanzen, Hacken, Gießen und dann wird es doch nichts."

„So, so und Rasen mähen, das macht dann Spaß?"

„Ja, sonst würde ich das ja nicht machen. Ich verspreche dir, wir machen hier im nächsten Sommer wieder rauschende Feste, auch deshalb habe ich den Garten. Und wegen meiner

Indianernatur, du weißt doch", fügte er lächelnd hinzu.

Ja, das wusste ich, den halben Sommer verbrachte er in seinem Garten, bewohnte das kleine Gartenhaus. Ich glaube, die Erste, die es mit ihm hier zwei Nächte aushält, die heiratet er einmal.

Einen Moment kam mir der Gedanke, ihm Susie unterzujubeln, aber das ging nicht. Es war kein Spiel und Susie hatte zu mir Vertrauen.

Sie saß nur mit meinem Morgenmantel bekleidet auf dem Sofa und schaute Fernsehen. Sie sagte, dass sie ihre Kleider gewaschen habe, sie seien schmutzig und rochen dreckig. Ich hatte nichts dagegen. Ich wollte mich nur duschen und umziehen und dann wieder zu Anja verschwinden.

Als ich mit dem Duschen fertig war und gerade nach dem Badetuch langte, kam sie ins Badezimmer. Sie hatte den Bademantel noch an, er war jedoch nicht zugeknöpft und bot mir ihre ganze Schönheit dar. Ich wusste nicht, ob sie dies bewusst machte. Ich habe sie gemustert, vielleicht tat sie mit mir dasselbe. Ganz plötzlich regte sich etwas bei mir, sie hatte schon eine schöne Figur, ich nahm schnell mein Badetuch und schlang es um mich. Ich weiß nicht, ob sie meine Regung bemerkt hatte. Sie sagte jedenfalls nichts, sondern verließ das Badezimmer. Als ich mich angezogen hatte, ging ich zu ihr ins Wohnzimmer, sie saß da wie vorhin.

„Kann ich mit dir reden?"

„Ja, natürlich."

„Ich meine, über meine Probleme?"

„Nicht jetzt." Ich hatte es eilig, ich musste zu Anja.

„Ich bin Morgen gegen Mittag wieder da, dann habe ich Zeit.

Können wir es bis dahin aufschieben?"

„Das muss ich wohl."

„Ja, wenn es geht."

„Es muss halt gehen."

Ein kurzer Anflug von Mitleid oder so einem ähnlichen Gefühl überkam mich. Aber Anja war stärker.

„Ist im Kühlschrank noch genügend zu essen?", fragte ich.

Sie bejahte.

„Du kannst wieder in meinem Bett schlafen. Also dann bis morgen."

Sie sprang auf und umarmte mich. Wieder wollte sie mich küssen. Ich drückte sie kurz an mich und ging dann.

12

Ich hatte eine Flasche Sekt mitgebracht, zur Feier unseres einwöchigen Zusammenseins. Anja war wie immer, fröhlich, schön. Nach dem Begrüßungskuss drehte sie sich vor mir.

„Und? Schön?"

„Du bist wunderschön."

„Nein, nicht ich, dass Kleid, das habe ich heute Nachmittag gekauft."

Ich schaute sie mir näher an. Natürlich war es schön. Es betonte die Vorzüge Ihrer herrlichen Figur.

„Bist du mir Böse, weil ich dies nicht sofort bemerkt habe? Aber ich kenne deine Garderobe noch nicht, ich sah dich bisher fast nur in Berufskleidung oder nackt."

„Nein, ich bin dir nicht böse", lachte sie.

Eigentlich hatte ich keine große Lust auszugehen. Ich wäre viel lieber den ganzen Abend mit ihr sexuell zusammen gewesen. Ich sagte ihr dies. Sie umarmte und küsste mich.

„Das können wir immer machen, aber Stadtfest ist nur einmal. Komm lass uns Party machen."

Und wir machten Party, 5 Gruppen, zum Schluss Payday, unterhielten die Menschen im Zelt hervorragend. In der Bar ließen wir den Abend ausklingen. Es war bestimmt 3 Uhr in der früh, als wir endlich im Bett landeten.

Anja musste um 11 wieder bei der Arbeit sein, für Sonntagnachmittag hatten wir ausgemacht, dass wir zusammen den Festumzug anschauen würden. Wenn nichts unvorhergesehenes dazwischen kam, konnte Anja so gegen 21

Uhr Feierabend machen. Ich hatte also genügend Zeit mit Susie zu reden. Anja wusste immer noch nichts von ihr. Eigentlich würden wir an diesem Abend zu mir gehen, da ich ja Montag früh zur Arbeit fuhr. Ich musste ihr also das mit Susie sagen oder sie an diesem Tag sonst wo unterbringen.

Susie hatte ein Hemd und ein paar Boxershorts von mir angezogen. Sie sah wesentlich besser aus als Donnerstagnacht, als sie vor meiner Haustüre gewartet hatte. Psychisch ging es ihr jedoch nach wie vor nicht besonders gut. Ich hatte sie seit Donnerstag nicht einmal lachen sehen, aber sie hatte viel geweint. Ich konnte mich nicht ganz in sie hineinversetzen, aber ich konnte schon mitfühlen, was sie durchgemacht hatte.

„Du wolltest gestern mit mir reden, ist das noch aktuell?", fragte ich sie, als wir uns im Wohnzimmer gegenüber saßen. Sie nahm sich eine Zigarette.

„Ja. Hast du jetzt Zeit?"

„Bis um zwei, dann gehe ich zum Festumzug."

„Gut. Wir müssen irgend eine Lösung finden. Hier in deiner Wohnung ist zwar das Paradies gegenüber dem Zimmer, in dem ich eingesperrt war, aber ein Dauerzustand ist es nicht. Ich kann nicht für immer in deiner Wohnung sitzen. Weiß deine Freundin, dass ich hier bin?"

„Nein, ich muss es ihr dringend erklären. Hast du dir schon überlegt, wie es weitergehen soll?"

„Überlegt? Ja, aber eine endgültige Lösung habe ich noch nicht gefunden."

„Wir müssen zur Polizei gehen."

„Aber gerade davor habe ich Angst. Ich kann dir das nicht real erklären. Ich habe überhaupt Angst. Wenn ich nur daran denke, auf die Straße zu gehen, bekomme ich Zustände. Ich fühle, spüre und sehe immer, wie ich verfolgt werde. Du kannst dir nicht vorstellen, was für ein Druck auf mir lastet."

„Wir müssen aber zur Polizei, nur die kann dir jetzt helfen. Du kannst die Männer beschreiben. Ich bin mir nicht sicher, ob das deine einzige Chance ist, die Polizei muss die Kerle schnappen, nur so hast du wahrscheinlich Ruhe vor ihnen."

„Ich überlege mir aber auch, ob ich nicht vor ihnen sicher bin, wenn ich einfach abwarte. Ich bin verschwunden, über die ganze schmerzliche Geschichte wird in den Medien nicht mehr berichtet. Phantombilder erscheinen auch nicht. Sie haben sicher besseres zu tun, als mich zu suchen. Wenn sie feststellen, dass ich keine Gefahr bin, warum sollten sie mir dann noch etwas tun wollen, das haben die dann doch überhaupt nicht mehr nötig."

„Solange du nicht tot bist, bist du immer eine Gefahr für die, Mord verjährt nicht so schnell. Willst du nicht, dass die Mörder deiner Schwester gefasst werden?"

„Doch", sie kämpfte wieder mit den Tränen. "Aber ich habe doch auch noch einen Leben, so egoistisch das klingt, das ist doch jetzt wichtiger. Susanne kann ich nicht mehr helfen", sie schüttelte verzweifelt schluchzend den Kopf hin und her.

„Ich, ich ganz allein bin schuld an ihrem Tod. Ich und dieser verdammte Rolf."

Zunächst wollte ich ihr widersprechen, aber das würde ihr im Moment auch nicht helfen. Ich setzte mich dafür wieder zu ihr und legte einen Arm um sie.

„Was soll das, was willst du eigentlich, du hast doch eine Freundin", sagte sie unvermittelt, ohne dass sie sich diesmal an mich lehnte, sie blieb nur sitzen.

„Aber du sagtest doch, dass du außer mir niemand hättest."

„Du überlegst doch nur, wie du mich loswerden kannst, du hast doch kein Interesse an mir."

„Was willst du eigentlich, einen Mann oder Hilfe? Wenn ich dich loswerden wollte, dann hätte ich dich doch schon am Freitag hinausgeworfen. Also lass dieses blöde Gerede und sei bitte wieder sachlich. Ich will dir wirklich helfen."

Ich war richtig wütend, was bildete sie sich eigentlich ein. Ich wollte ihr wirklich helfen.

„Was willst du eigentlich, sei doch froh, dass ich dir helfen will und die Situation nicht ausnütze."

Sie sagte eine ganze Weile überhaupt nichts und dann nur: „Entschuldige bitte."

Nach einer weiteren Weile fügte sie hinzu: „Ich bin nur verzweifelt und fühle mich so allein, entschuldige bitte."

Wir saßen bestimmt zehn Minuten einfach nur so da und starten vor uns hin. Ich wusste nicht, wie ich ihr antworten sollte. Ich verstand sie ja. Wenn ich wollte, dass sie auch mich verstehen sollte, erwartete ich im Moment bestimmt zu viel von ihr.

„Du bist hier aufgetaucht, hast mir den Kopf verdreht und dann warst du wieder verschwunden. Hast mir keine Hoffnung auf ein Wiedersehen gemacht und dann tauchst du eine Woche später wieder auf, die Welt hat sich für dich verändert, aber für mich auch. Obwohl du für mich irgendwie eine Fremde bist, ich kenne dich viel zu wenig, helfe ich dir, stelle dir meine Wohnung zur Verfügung und dann beschimpfst du mich. Findest du das richtig?"

„Nein, entschuldige bitte."

Das wollte ich nun auch wieder nicht, sie musste sich nicht

ständig entschuldigen.

„Sei bitte nur sachlich. Und noch eines, entschuldige dich nicht ständig, das kann ich nicht ertragen."

Sie schwieg wieder. Ich musste jetzt eine Zeitlang alleine sein. Ich sagte ihr deshalb, dass ich zum Umzug gehen würde, danach könnten wir weiterreden. Sie sagte nur Tschüss, wahrscheinlich musste auch sie sich erst wieder besinnen.

Das Wetter war wieder einmal beschissen. Pünktlich zum Start des Umzugs fing es an zu regnen. Mit Anja hatte ich trotzdem viel Spaß beim Zusehen. Danach musste Anja wieder arbeiten gehen. Ich ging nicht ins Festzelt, obwohl ich viel lieber mit Tobias und den anderen ein paar Bier getrunken hätte. Zunächst war es aber wichtiger, dass ich mit Susie endlich eine Lösung fand. Das Gespräch vom Mittag war nicht sonderlich ergiebig gewesen. So wie es geendet hatte, lief es eher darauf hinaus, dass sie noch einige Zeit bei mir in der Wohnung bleiben wollte und das wollte ich wiederum nicht.

Es roch nach Essen, als ich die Wohnung betrat. Sie kam aus der Küche. Und zum ersten Mal seit den Ereignissen, sah ich sie lächeln.

„Ich habe uns etwas gekocht, du hast sicher Hunger?"

„Ja, schon, aber woher hast du die Lebensmittel?"

„Ach, ich habe halt geschaut, was du so an Vorräten im Kühlschrank und sonst in der Küche hast."

Es war unter den gegebenen Umständen keinen üppiges Essen, denn allzu viele Vorräte hatte ich nicht im Haus, aber doch ein kleines Menü. Zunächst Spaghetti, dann Pizza und eine Dose

Fruchtsalat hatte sie auch gefunden. Wir sprachen nicht viel beim Essen. Sie wollte anscheinend über unser Problem nicht reden, es hatte ja nach dem Essen noch Zeit.

„Hast du eine Zigarette für mich?", fragte sie mich, als wir alles aufgegessen hatten. Ich gab ihr eine und Feuer.

„Rauchst du immer schon?"

„Ja, ab und zu, nicht regelmäßig."

Eine Weile saßen wir noch stumm da und rauchten. Dann kam sie doch auf das Thema.

„Ich habe mir noch einmal alles überlegt, du hast wahrscheinlich recht. Wir gehen zur Polizei, wenn du willst jetzt gleich."

Gleich jetzt hatte ich wieder keine Zeit. Ich wollte gegen 20 Uhr bei Anja im Lokal sein, jetzt war es kurz nach 18 Uhr und das bei der Polizei ging sicher nicht so schnell.

„Gut, dass du das endlich eingesehen hast. Wir gehen aber erst morgen, heute geht das nicht mehr. Ich mache Morgen Nachmittag früher Schluss, dann habe ich Zeit."

Sie nickte nur. Ich fühlte mich wesentlich erleichtert, damit hatte sich, so hoffte ich, mein Problem gelöst. Wir saßen noch zusammen, bis ich ging. Schön auf Distanz, keine Annäherungsversuche, keine anzüglichen Gespräche. Wir sprachen über unsere Vergangenheit, jeder über seine.

13

Ich brauchte also Anja nichts über Susie zu erzählen, am nächsten Tag würde sie nicht mehr da sein. Eine Ausrede hatte ich mir schon zurecht gelegt, weshalb wir wieder zu ihr gingen. Meinen Rasierapparat und meine Zahnbürste hatte ich bei ihr liegen lassen. Ich fühlte ein klein wenig ein schlechtes Gewissen, aber Anja schöpfte keinen Verdacht. Warum sollte sie eigentlich auch. In unserem Verhältnis hatte sich nun wirklich nichts geändert. Ich wusste ganz genau, wen ich wollte, Susie konnte sich nicht dazwischen drängen. Es hätte Anja nur unnötig belastet, wenn ich ihr von Susie erzählt hätte. Dann war es schon besser so.

Wir hatten uns darauf geeinigt, dass wir uns montags und donnerstags nicht sehen würden. Sie sollte an diesen Tagen in Ruhe arbeiten und ich konnte mich ausgiebig meinen Freunden widmen. An diesem Montag allerdings nicht. Zum Ausklang des Stadteinweihungsfestes gab es noch einen Bunten Abend im Zelt und zum Abschluss ein Feuerwerk. Anja wollte gegen 21 Uhr Schluss machen, ich sollte sie dann im Seebeck abholen. Ich hatte also Zeit, die Sache mit Susie in aller Ruhe zu regeln.
Als ich meinem Chef mitteilte, dass ich mittags früher gehen müsste, schaute er mich besorgt an. Ich wusste es ja, in den letzten Tagen war ich nicht immer ein guter Angestellter. Es würde sich aber bald wieder ändern.
Bevor ich nach Hause ging, rief ich den Kommissar an. Ich fragte ihn nur, ob er Zeit und ob er bei mir in der Wohnung vorbeikommen könne, ich müsste ihm etwas zeigen, was den

Mordfall betraf. Eigentlich klang er nicht begeistert, versprach dann doch gegen 13 Uhr zu kommen.

Ich hatte mir überlegt, wenn Susie solche Angst davor hatte, meine Wohnung zu verlassen und zur Polizei zu gehen, dann könnte doch die Polizei kommen. Mit ihr hatte ich das nicht abgesprochen.

Susie hatte wieder ihre Kleider angezogen, frisch gewaschen und gebügelt. Zunächst schaute sie misstrauisch. Als ich ihr meine Idee, wegen ihrer Angst, klarmachte, fand sie es auch gut.

Bunger kam etwas zu früh. „Nun? Was wollen sie mir zeigen?"

Jetzt konnte ich mich revanchieren. Heute war ich erst am Fragen.

„Haben sie den Mörder schon gefasst?"

„Nein leider nicht, wir haben nicht einmal eine heiße Spur."

„Haben sie wenigstens ein Motiv gefunden?"

„Ich dachte sie wollten mir etwas zeigen?"

„Haben sie die Schwester der Toten gefunden?"

„Nein, die ist spurlos verschwunden. Es ist wie verhext, keine Spur, kein Zusammenhang, wir haben schon etliche Personen vernommen, schon alle möglichen Tathergänge durchgespielt, aber nichts brachte uns weiter."

Wir hatten uns bis jetzt im Flur unterhalten.

„Kommen sie mit ins Wohnzimmer, das was ich ihnen zeigen will, das bringt sie sehr viel weiter."

„Da bin ich aber gespannt."

Ich beobachtete sein Gesicht, als ich die Türe öffnete und er Susie sah. Er blickte zuerst sie und dann mich fragend an. Es dauerte einige Momente, bevor er seine Überraschung verarbeitet hatte.

„Aber das ist doch ...", er sah mich wieder an. „Wie kommt sie denn hier her?"

Seine Verblüffung war echt. Er ließ sich in einen Sessel fallen und sah dann Susie an.

„Wie lange sind sie schon hier?"

„Seit Donnerstag."

„Seit Donnerstag?"

Jetzt wurde er richtig wütend.

„Wisst ihr, das wir heute Montag haben? Seid ihr denn von allen guten Geister verlassen? Eine Hundertschaft Polizisten, wahrscheinlich mehr, tut nichts anderes, als sie suchen. Und sie sitzen seelenruhig hier. Mensch Merl, von ihnen hätte ich wenigstens erwartet, dass sie gleich zu mir gekommen wären."

„Jetzt beruhigen sie sich erst einmal wieder und dann hören sie sich ihre Geschichte an, dann verstehen sie das alles besser, auch warum wir nicht früher gekommen sind."

„Nah schön, dann fangen sie einmal an."

Er hörte nur zu, ohne Zwischenfragen. Susie erzählte diesmal die Geschichte fast emotionslos. Sie musste nicht einmal unterbrechen, weil sie wieder den Tränen nahe gewesen wäre. Sie hatte sich doch ziemlich erholt in den letzten Tagen, fühlte sich, glaube ich, auch geborgen. Sie erzählte nicht ganz so ausführlich, wie sie es mir erzählt hatte. Als sie endete, saß der Kommissar da und schien zu überlegen. Er holte einen Notizblock aus seinem Parka und zog diesen jetzt auch aus, bisher hatte er nur die Knöpfe aufgemacht. Dann sah er mich an.

„Weiß ihre Freundin, dass sie hier ist?"

„Nein", ich begriff nicht, weshalb ihn das interessierte.

„Weiß sonst irgend jemand, dass sie hier ist?"

„Nur sie jetzt."

„Das ist gut. Kann sie weiterhin hier bleiben?"

Eigentlich nicht. Ich hatte ja gehofft, dass Bunger mir Susie abnehmen würde. Ich konnte mich so schnell zu keiner Antwort durchringen. Wenn sie hier bliebe, dann musste ich Anja sagen, dass sie hier ist und ich musste ihr dann auch sagen, dass sie schon einige Tage hier ist. Ich ahnte nur, dass das zu Komplikationen in unserer Beziehung führen könnte.

„Kann sie weiterhin hier bleiben?", fragte er mich noch einmal.

„Ja", ich wusste gleich, dass ich dieses ja wohl noch bereuen würde. Auch Susie hatte mich in der Pause, die durch mein Überlegen entstanden war, erwartungsvoll angeschaut.

Der Kommissar ließ sich die Adresse von der Wohnung geben, in der sie mit diesem Rolf und ihrer Schwester war. Auch wollte er noch einmal alle Einzelheiten über die Lage der Wohnung, in der sie gefangen gehalten wurde, wissen. Auch über das Auto, in dem sie zu dieser Wohnung gefahren wurde. Dann ließ er sich noch kurz diesen Rolf und die beiden anderen Männer beschreiben.

„Ich schicke ihnen nachher noch einen Zeichner vorbei, der soll Phantombilder anfertigen. Und morgen holen wir sie ab, sie müssen unsere Kartei durchschauen, vielleicht erkennen sie da einen von den Kerlen."

Als er schon seinen Parka angezogen hatte und zur Tür gehen wollte, drehte er sich noch einmal um und sagte zu Susie: „Sie wissen, dass sie in Gefahr sind? Sie sind womöglich die einzige Zeugin und die haben schon einmal getötet. Es wäre wirklich besser gewesen, sie hätten sich sofort an uns gewandt."

Jetzt fing sie doch zu weinen an. Und zu mir gewandt meinte Bunger: „Es wäre gut, wenn niemand erfahren würde, dass sie hier ist.“

„Ich muss es aber meiner Freundin sagen, dass gibt sonst Komplikationen.“

„Dann sagen sie ihr aber, dass sie es nicht weitererzählen soll. Die ganze Geschichte gefällt mir nicht. Ich hoffe, dass die Sache gut ausgeht.“

Im Gehen sagte er noch: „Der Zeichner, der kommt, heißt Burger, der klingelt dreimal kurz“, und zu Susie gewandt, „ich hole sie Morgen gegen acht Uhr früh ab.“

Sie hatte wieder aufgehört zu weinen. Wir saßen einige Zeit da und schauten uns nur an.

„Dir ist es nicht recht, dass ich hier bleibe. Dir wäre es lieber gewesen, wenn er mich mitgenommen hätte.“

Da hatte sie allerdings recht, aber jetzt konnte man die Dinge nicht mehr ändern.

„Es ist schon in Ordnung so, ich muss es halt Anja beibringen. Ich hätte es ihr schon längst sagen sollen.“

„Ich kann auch gehen, wenn du das willst.“

„Du weißt doch nicht, wo du hingehen sollst.“

„Einfach heim.“

„Einfach Heim? So ein dummes Gerede, das weißt du doch, dass dies nicht geht.“

„Gut, dann gehe ich in ein Hotel“, sagte sie trotzig.

„Lassen wir das jetzt, du bist hier und bleibst hier, ich bringe das schon in Ordnung.“

„Soll ich mit deiner Freundin reden?“

Die Idee war gar nicht so schlecht. Aber ich musste das selbst tun, vielleicht nach dem Feuerwerk.

„Das sehen wir dann, ich muss jetzt einkaufen gehen, es ist ja fast nichts mehr im Kühlschrank."

„Könntest du mir wenigstens Unterwäsche und eine Strumpfhose mitbringen? Ich habe außer dem, was ich jetzt trage, nur noch die Jacke."

Ich fragte sie, ob sie noch mehr brauchen würde.

„Schon, aber ich habe im Moment kein Geld."

„Das kannst du mir später wieder geben."

„Vielleicht noch einen Jogginganzug, ein paar Hausschuhe, etwas Unterwäsche und ein T-Shirt und ein Deo, deines ist nicht ganz mein Geschmack."

Ich fuhr nach Leonberg, obwohl man auch in Rutesheim alles bekommen hätte, aber in einigen Geschäften kannte ich die Verkäuferinnen und ich kam mir etwas komisch vor, beim Damenunterwäschekaufen.

Als ich zurückkam, war der Zeichner noch da. Es dauerte ziemlich lange, bis er endlich die Bilder fertig hatte. Wir rauchten eine Zigarette zusammen, als er gegangen war.

„Und wie fühlst du dich?", fragte ich sie dann.

„Irgendwie erleichtert. Nicht mehr so angespannt. Irgendwie habe ich neuen Mut. Ich glaube jetzt wieder, dass alles Gut für mich ausgeht."

„Dann hätten wir doch gleich zur Polizei gehen sollen", entgegnete ich leicht ärgerlich.

„Wahrscheinlich ja, aber ich fühle mich jetzt überhaupt wesentlich besser, als am Donnerstag. Ich war total übermüdet und auch total verzweifelt. So wie es jetzt ist, ist es bestimmt nicht falsch gewesen."

Sie begutachtete dann, was ich ihr eingekauft hatte. Nur bei der Unterwäsche stutzte sie und schaute mich an: „Gefällt dir das?"
„Ja. Warum?"
„Ich meine nur."
„Was meinst du?"
Sie lächelte mich jetzt an: „Da du nichts von mir willst, hätte es auch etwas einfacher sein können. Mit den vielen Spitzen und dem hohen Beinausschnitt wird mehr gezeigt, als verborgen."
„Ich kenne mich nicht so aus, ich habe halt mitgenommen, was da so rumhing", sagte ich etwas verlegen.
„Ich meinte ja nur."
„Ich koche uns etwas", beendete ich die Situation. Ich ging in die Küche und wollte Schnitzel mit Pommes machen. Sie ging ins Bad, um sich umzuziehen.
Nach einigen Minuten kam sie, nur mit einer Garnitur Unterwäsche bekleidet, in die Küche.
„So, siehst du, so schaut das aus."
Sie drehte sich vor mir und stellte sich in Pose. Schön sah sie aus. Sie hatte recht. Wie sie nackt aussah, konnte man mehr als erahnen. Als ich sie so anschaute, merkte ich wieder, wie sich etwas regte.
„Schön sieht es aus, aber könntest du jetzt vielleicht noch etwas anziehen?"
Plötzlich läutete es an der Haustüre.
„Wer kann das sein?" fragte sie entsetzt.
„Ich weiß es nicht."

„Sollen wir aufmachen?"

Ja, warum eigentlich nicht. Ich wusste zwar nicht, wer es sein könnte, vielleicht Tobias oder sonst ein Kumpel. Es war bestimmt niemand für Susie. Der Kommissar wollte dreimal kurz klingeln. Die Sprechanlage war schon seit Tagen defekt, also konnte ich nicht nachfragen, wer es war. Da ich in einer Dachwohnung wohne, konnte ich auch nicht nachschauen, wer vor der Türe stand. Inzwischen klingelte es zum zweiten Mal.

„Gehe ins Wohnzimmer", sagte ich zu ihr, als ich auf den Türöffner drückte. Ich öffnete meine Wohnungstür. Ich wollte nicht nachfragen, wer da sei. Wenn man durch den Hausflur rief, wurden die Mitbewohner immer aufmerksam. Ich wartete also, wer die Treppe heraufkam.

Es war Anja. Sie ging freudestrahlend auf mich zu.

„Du hast deinen Rasierapparat bei mir vergessen. Ich wollte ihn dir nur schnell bringen. Ich habe kurz eine Pause gemacht."

Sie umarmte mich, wollte mich küssen. Ich stand einfach da. Anja. Sie hatte ich jetzt wirklich nicht erwartet, um nicht zu sagen, dass sie höchst unzeitig kam. Sie ließ mich wieder los.

„Was hast du?", schaute sie mich misstrauisch an.

„Nichts, ich hatte dich nur nicht erwartet", sagte ich verlegen.

„Komme ich ungelegen?"

„Nein, nein", versuchte ich die Situation zu retten, „komm doch herein."

Jetzt umarmte ich sie und wir küssten uns. Ich ging mit ihr in die Küche.

„Ich mache mir gerade Schnitzel, willst du auch etwas essen?"

„Nein, aber hast du mir eine Zigarette?"

Die lagen im Wohnzimmer und da war Susie, hätte ich sie doch nur ins Bad geschickt. „Ich hole dir eine, sie sind im Wohnzimmer.“

„Lass nur, ich hole mir selbst eine.“

Bevor ich etwas unternehmen konnte, war sie schon Richtung Wohnzimmer unterwegs. Hilflos folgte ich ihr. Sie machte die Wohnzimmertür auf und sah Susie, wie sie in ihrer Reizwäsche dastand. Anja drehte sich zu mir um und sah mich entsetzt an.

„Was macht die hier?“, schrie sie mich an.

„Anja, ich muss dir etwas erklären.“

„Erklären? Was willst du mir erklären? Dass ich nicht die Einzige bin, dass da noch Eine ist? Du musst mir nichts erklären.“

„Hören sie doch ...“, versuchte Susie sich einzuschalten.

„Halt du den Mund, du Schlampe, ich habe schon verstanden.“

Jetzt hatte sie glaube ich Tränen in den Augen. Sie wollte an mir vorbei. Ich versuchte sie festzuhalten.

„Jetzt höre doch erst, es ist nicht so, wie du denkst.“

„Lass mich los“, schrie sie fast hysterisch, „ich will nichts mehr von dir Wissen, ich habe genug gesehen.“

Ich versuchte es noch einmal, aber sie hörte mir nicht mehr zu. Wortlos drehte sie sich um, rannte durch die Wohnungstür und knallte diese hinter sich zu.

Fassungslos und tatenlos stand ich da. Ich konnte Ihre Reaktion verstehen, aber sie hätte mir wenigstens die Chance geben können, alles zu erklären.

„Geh ihr doch endlich nach“, Susie riss mich aus meiner Lethargie. Anja war nicht mehr zu sehen, als ich endlich auf die Straße kam.

Weinend stand Susie im Hausflur, als ich die Treppe heraufkam.

„Ich mache alles nur kaputt, ich bringe allen nur Pech,

entschuldige bitte."

„Lass das, nicht du bist Schuld."

Frierend stand sie immer noch in der knappen Unterwäsche da, ich nahm sie freundschaftlich in den Arm: „„Höre bitte mit weinen auf, ich bringe das schon wieder in Ordnung. Jetzt ziehst du dir etwas über und dann essen wir."

Das mit Anja würde ich schon wieder in Ordnung bringen, ich wusste zwar noch nicht wie, aber mir würde schon etwas einfallen. Wir aßen dann schweigend, keiner hatte so richtig Appetit. ich musste mit Anja reden, musste ihr alles erklären. Trotz Susie liebte ich sie, ich hatte es wieder deutlich gespürt.

14

Sie bediente ein paar Gäste und machte ein sehr trauriges Gesicht. Als sie mich bemerkte und Zeit hatte, kam sie zu mir an den Tisch. Ich hatte mich im Lokal etwas abseits gesetzt.

„Was willst du hier?"

„Mit dir reden."

„Aber ich nicht mit dir. Am besten du verschwindet wieder."

„Aber ein Bier kann ich doch bestellen?"

Sie ging und brachte mir dann ein Bier, es dauerte länger als üblich. Ich versuchte noch einmal mit ihr ins Gespräch zu kommen. Aber sie antwortete mir jetzt überhaupt nicht mehr. Ich sah, dass es im Moment keinen Zweck hatte und zahlte deshalb gleich. Wir wollten uns ja um 21 Uhr treffen und gemeinsam zum Feuerwerk gehen, das den Abschluss der Stadtfeierlichkeiten bildete. Ich würde es später dann noch einmal versuchen, sie musste mich doch wenigstens anhören.

Es war eine gedrückte Stimmung an diesem Abend. Wir sprachen fast nichts, schauten nur fern. Susie fühlte sich schuldig, dabei war es ganz allein meine Schuld. Ich war es, der bisher Anja gegenüber ihre Anwesenheit verschwiegen hatte.

Gegen viertel vor Neun raffte ich mich noch einmal auf und ging zum Seebeck.

„Wenn du wegen mir gekommen bist, dann verschwindest du am besten gleich wieder, ich habe keine Lust mit dir zu reden und ich werde auch nicht mit dir zum Feuerwerk gehen", begrüßte sie mich.

Ich antwortete ihr nicht, sondern bestellte ein Bier. Wenn sie Feierabend machte, wollte ich es noch einmal versuchen, jetzt waren Gäste anwesend, da konnten wir sowieso nicht in Ruhe reden. Als die letzten Gäste gezahlt hatten, forderte sie mich auf, auch zu gehen. Ich zahlte und wartete vor der Tür. Nach zehn Minuten kam sie immer noch nicht, ich wartete weitere zehn Minuten, immer noch nicht. Ich ging um das Lokal herum und klopfte, da noch Licht brannte, an der Küchentür. Der Wirt machte mir auf.

„Was ist los? Wir haben schon geschlossen. Hast du etwas vergessen?"

„Wo ist Anja?"

„Beim Feuerwerk. Nehme ich wenigstens an."

„Sie kam doch überhaupt nicht heraus."

„Sie nahm den Hotelausgang. Stimmt etwas nicht zwischen euch beiden?"

„Allerdings."

„Seit sie heute Abend von dir zurückkam, ist sie irgendwie verändert. Hattet ihr Streit?"

„Nein, keinen Streit. Bei mir in der Wohnung ist eine andere Frau und das hat sie falsch verstanden, völlig falsch."

„Wieso? Hat sie euch im Bett überrascht?"

„Das nicht. Die andere war nur etwas leicht bekleidet. Aber da war wirklich nichts, absolut nichts. Ich will sie doch, ich liebe Anja doch. Wenn sie mir wenigstens die Chance gegeben hätte, alles zu erklären, aber sie ist einfach fortgerannt und jetzt will sie nicht mehr mit mir reden."

„So sind die Frauen halt."

„Aber das ist doch blöde. Erst hat sie alles daran gesetzt, mich zu bekommen und jetzt lässt sie mich einfach stehen."

„Lass ihr Zeit, wenn du nichts mit der anderen hast, dann wird das schon wieder."

Ich wollte es aber sofort regeln, alles war doch nur ein Missverständnis. Es brannte kein Licht in ihrer Wohnung, also ging ich weiter zum Festzelt. Bestimmt war sie dort. Die Besenbatscher brachten gerade das Zelt zum Kochen. Es war unmöglich ins Innere zu kommen, so viele Menschen standen schon davor. Ich musste also warten bis das Feuerwerk begann. Ich schaute überall, aber ich traf Anja nicht, dafür Tobias.

„Wo warst du denn? Ich hatte euch 2 Plätze freigehalten."

„Hast du Anja gesehen?"

„Ja vorher kurz von Weitem hinten im Zelt. Was ist denn los."

Ich erzählte ihm nur, dass wir Streit hätten. Den Abend beschlossen wir mit ein paar Bier. Als das Wirtschaftsteam das Licht ausmachte gingen wir heim.

Ich weiß nicht mehr wie spät es war, als ich endlich nach Hause kam. Susie schlief im Wohnzimmer auf den Sofa, ich glaubte wenigstens, dass sie schlief. Sie war es auch, die mich am nächsten Morgen, es war schon nach acht Uhr, weckte, ich hatte vergessen den Wecker zu stellen. Noch recht müde kam ich zu spät zur Arbeit.

15

Ich hatte noch nicht einmal den Schreibtisch aufgeschlossen, als mein Chef ins Zimmer trat.

„Ich muss dringend mit ihnen reden, können sie einmal mitkommen?"

Ich hatte das erwartet, in den letzten Tagen war ich wirklich kein guter Angestellter.

„Was ist mit ihnen los? Seit ein paar Tagen sind sie sehr unausgeglichen. Haben sie Probleme?"

Eigentlich war das meine Privatsache, aber er bezahlte mich. Und wenigstens kam er nicht gleich mit Vorwürfen.

„Ich bin da ungewollt und unverschuldet in eine dumme Sache hineingeraten."

„Haben sie mit der Polizei zu tun?"

„Nein, nein, ich habe kein Verbrechen oder so etwas begangen."

„Frauengeschichten?"

„Ich möchte eigentlich nicht darüber reden."

Er schaute mich eine Weile an, schien zu überlegen.

„Ich verspreche ihnen, es wird schon sehr bald wieder besser, lassen sie mir noch etwas Zeit."

„Wie lange?"

„Wenn ich das wüsste, dann hätte ich keine Probleme mehr."

„Wie viel Überstunden haben sie noch?"

„Ich weiß nicht genau, vielleicht noch 30."

„Gut, dann gehen sie jetzt wieder nach Hause und schlafen sich aus. In der Verfassung, in der sie jetzt sind, machen sie eher Fehler, als dass sie produktiv arbeiten könnten. Ich habe auch Verständnis dafür, dass jemand einmal übernächtigt zur Arbeit kommt, aber in den letzten Tagen war dies etwas zu oft. Wenn sie also in den nächsten Tagen wieder unausgeschlafen sind, dann rufen sie lieber an und nehmen Urlaub, sie haben ja noch genügend."

„Ja, das werde ich tun. Ich danke ihnen, dass sie Verständnis für mich aufbringen."

„Ach wissen sie, ich bin mit ihrer Arbeit eigentlich ganz zufrieden und andere würden wahrscheinlich krank machen, aber sie sind wenigstens immer da. Und es ist auch nicht so, dass sie in den letzten Tagen überhaupt nichts gearbeitet hätten. Ich möchte ihnen auch nicht vorschreiben, dass ich mir das nur noch 14 Tage anschaue, aber bringen sie bitte ihre persönlichen Dinge möglichst schnell wieder ins Reine."

Urlaub hätte ich schon gebrauchen können, aber jetzt wollte ich eigentlich keinen nehmen. Nur Zuhause herumsitzen wollte ich nicht, aber wenn alles vorüber war, dann, überlegte ich mir, wollte ich mit Anja ein paar Tage wegfahren. Überhaupt Anja, ich fuhr bei ihr vorbei, nachdem ich die Firma verlassen hatte. Sie war noch zu Hause. Ich musste zweimal klingeln, bis ich sie in der Sprechanlage hörte.

„Wer ist da?"

„Ich."

Sie legte wieder auf. Ich wartete, aber der Türöffner ging nicht. Ich läutete einmal, zweimal und dann Sturm.

„Was willst du?"

„Mit dir reden, bitte."

Ich fühlte, wie sie überlegte und dann betätigte sie doch den Türöffner. Sie empfing mich sehr kühl, in der besten Verfassung war sie nicht, sie sah sehr blas aus, hatte verweinte Augen.

„Ich wüsste nicht, was wir noch miteinander zu bereden hätten."

„Aber ich."

„Da steht eine nackte Frau bei dir im Wohnzimmer, von der du mir erzählt hast, dass du sie nur einmal zufällig getroffen hättest. Was sollten wir da noch besprechen? Eindeutiger geht es doch nicht."

„Nun das ist alles nicht so, wie du denkst."

„Ach nein? Das ist ja so normal. Siehst du vielleicht hier einen nackten Mann bei mir in der Wohnung?"

„Jetzt höre mir doch endlich einmal zu und lass dir erklären."

„Nein, du hörst mir zu. Ich habe dich geliebt, ich war so blöd und habe geglaubt du liebst mich auch und dann so etwas."

Jetzt fing sie auch noch zu weinen an, ich wollte sie in dem Arm nehmen.

„Geh weg, du ekelst mich an."

„Jetzt sei doch vernünftig und höre mich wenigstens an."

„Ich will keine Lügen hören, ich habe genug gesehen", und nach einer Pause, „und wenn ich jetzt ein Kind bekomme?"

„Warum solltest du ein Kind bekommen?"

„Bist du unfruchtbar oder haben wir etwa nicht miteinander geschlafen?"

„Nimmst du keine Pille?"

„Meinst du, ich nehme ständig die Pille in der Hoffnung, dass nackte Männlein in meiner Wohnung auftauchen und mich beglücken?"

Hilflos stand ich da, das mit dem Kind war bestimmt nicht ernst gemeint. Zumal ich nicht glaubte, dass sie die Pille oder sonst ein Verhütungsmittel nicht nahm.

„Gerade, wenn du ein Kind bekommst, dann solltest du mich endlich anhören, damit wir wieder normal zusammen sein können."

Sie sah mich an, aber ich deutete ihren Gesichtsausdruck falsch, sie war nicht bereit, mit mir zu reden.

„Raus jetzt und lass dich nie mehr hier blicken."

„Jetzt höre doch ..."

„Und noch eines, es gibt außer dem Seebeck noch andere Lokale, mir wäre es recht, wenn du dort nicht mehr aufkreuzen würdest."

Auch ein weiterer Versuch half nichts, sie hatte sich nun einmal in den Kopf gesetzt, dass ich der böse, untreue Knabe war. Ich ging dann halt.

16

Susie war überrascht, dass ich schon auftauchte. Ich erzählte ihr alles. Sie sagte allerdings nichts zu der Sache mit Anja, nur das mit meinem Chef das bedauerte sie.

Mir fiel wieder ein, dass sie eigentlich bei der Polizei sein sollte.

„Der Kommissar hat angerufen, es ist ihm etwas dazwischen gekommen, er holt mich erst später ab."

Bunger kam dann gegen halb zwölf.

„Haben sie Urlaub?", fragte er überrascht, als er mich sah.

„Nein, nur Gleitzeit."

Er brachte einen Mantel, eine Brille und ein Kopftuch mit. Es war also nicht so harmlos, warum sonst hätte Susie sich verkleiden sollen.

Ich saß danach allein in meiner Wohnung, fühlte mich ziemlich Elend und legte mich ins Bett. Ich war trotz oder wegen allen Ereignissen völlig zerschlagen und schlief tatsächlich ein.

Ein Klingeln an der Haustüre weckte mich. Es war Susie und der Kommissar. Über vier Stunden hatte ich geschlafen.

„Die Frau Merder hat mir erzählt, dass sie ihretwegen Probleme mit ihrer Freundin haben."

„Ja, das stimmt."

„Wenn sie wollen, können wir Frau Merder auch in einem Hotel unterbringen."

„Nein, das ist nicht notwendig."

War ich eigentlich blöde? Bunger bot mir hier eine Lösung an, die mir sicher geholfen hätte, dass ich mit Anja schneller klar gekommen wäre.

„Zum Einen ist mir dieses Recht, bei ihnen ist sie wahrscheinlich am sichersten aufgehoben. Andererseits, wenn ihre Freundin herumerzählt, wer bei ihnen ist, das wäre auch nicht gut."

Anja ist nicht geschwätzig. Sie war zwar aufgeschlossen, als Bedienung musste sie das sein, aber ich hatte sie noch nie Internes über andere Menschen erzählen hören.

„Nein, das glaube ich nicht, dass sie dies tut. So ist sie nicht."

„Na schön, lassen wir es so, wie es ist. Passen sie gut auf Frau Merder auf."

Er verabschiedete sich und versprach, uns auf dem Laufenden zu halten. Susie wirkte ziemlich aufgedreht.

„Und hast du die Männer wiedererkannt, werden die von der Polizei jetzt gesucht?"

„Komm, setzen wir uns, ich erzähle dir alles."

Wir standen immer noch im Flur, aber ich wollte mich nicht setzen, jetzt nicht. Zuerst musste ich noch einmal zum Seebeck, vielleicht konnte ich jetzt mit Anja reden. Im Moment waren bestimmt kaum Gäste in der Gastwirtschaft, da war es vermutlich günstig. Ich vertröstete Susie auf später.

„Ich habe dir doch gesagt, du sollst nicht mehr hier auftauchen, also was willst du noch?"

Ihre Einstellung hatte sie noch nicht geändert.

„Ich wollte mit dir wegen dem Kind reden", log ich, weil mir sonst nichts einfiel. An eine Schwangerschaft glaubte ich sowieso nicht, dazu schätzte ich sie zu vorsichtig ein, aber man konnte nie wissen.

„Über was für ein Kind?"

„Über unseres."

„Meinst du, ich wäre so blöde und ließe mich von einem wie dir schwängern?"

„Heute morgen warst du wenigstens noch der Meinung."

„Meinungen kann man wieder ändern."

„Aber Schwangerschaften nicht."

„Doch, auch die."

„Warum willst du mir eigentlich nicht zuhören?", versuchte ich wieder auf unser Problem zu kommen. Sie antwortete nicht gleich.

„Weil es keinen Sinn hat."

„Und warum sollte es keinen Sinn haben?"

„Weil ich nicht die Absicht habe, dich mit jemand anderem zu teilen."

„Aber das musst du doch nicht."

„Können wir das Thema nicht endlich beenden? Es ist aus zwischen uns beiden, vergiss es."

„Hast du einen neuen Freund."

„Nein, du eine Freundin."

„Das stimmt nicht."

„Oder Bettgenossin oder Sofabekanntschaft oder wie du es sonst nennen willst."

„Das war alles ganz anders."

„Ach, ja? Aber nicht mit mir, mit mir machst das keiner, du auch nicht."

Sie hatte sich zwischenzeitlich gesetzt und stand jetzt abrupt auf.

„Mit mir macht das niemand, merke dir das!"

Sie ließ mich einfach sitzen. Der Wirt hatte die ganze Zeit hinter dem Tresen gestanden, so halb hatte er bestimmt unser Gespräch mitbekommen, er kam zu mir her.

„Und? Hat sie dir noch nicht verziehen?"

„Nein, sie gibt sich unversöhnlich."

„Das wird schon wieder, ich kenne sie. Du musst ihr Zeit lassen. Wenn sie sich etwas in den Kopf gesetzt hat, kann sie einen fürchterlichen Dickkopf haben. Versuchs am Freitag wieder und lass sie einfach bis dahin in Ruhe. Sie liebt dich noch, glaube mir."

Er hatte leicht reden. Wahrscheinlich kannte er sie aber besser als ich, sie arbeitete ja schon ein Jahr bei ihm.

„Dann werde ich halt warten. Sag ihr das."

17

Susie saß im Wohnzimmer und schaute fern. Ich holte mir etwas zu trinken, sie wollte auch ein Bier.

„Musst du heute noch einmal fort?"

„Nein, jetzt stehe ich dir den ganzen Abend zur Verfügung."

„Ganz?"

„Kommt darauf an, aber lassen wir das. - Nun? Du wolltest mir doch alles erzählen, was bei der Polizei war."

„Ja, viel war es nicht. Ich saß stundenlang und habe mir Bilder angeschaut. Und dann habe ich tatsächlich einen erkannt. Diesen Rolf, das Schwein. Im Gefängnis war der, wegen einem Einbruch oder auch wegen mehreren. Er war erst kurz entlassen, als ich ihn kennen lernte."

Sie schwieg plötzlich und sah traurig vor sich hin.

„Lass die Gedanken, du bist nicht schuld. Du konntest das nicht wissen."

„Aber fragen hätte ich ihn können, ich war so sorglos."

„Und? Wenn du ihn gefragt hättest? Ich glaube nicht, dass er dir alles erzählt hätte. Und wenn, wärst du nicht trotzdem hierher gefahren?"

„Ich weiß es nicht."

Ich fühlte, dass sie wieder weinen wollte.

„Lass endlich die Grübelei, das bringt nichts. - Hat der Kommissar erzählt, ob die Polizei schon eine Spur hat?", brachte ich sie auf andere Gedanken.

„Er wollte nicht so recht mit der Sprache herausrücken. Ich glaube, die haben die Wohnung in Stuttgart gefunden, danach hat er mich noch einmal eingehend befragt."

Wir sprachen noch einige Zeit über die Vorgänge. Versuchten aus dem, was wir wussten, eine Theorie aufzubauen und herauszufinden, worum es eigentlich ging. Es schien alles zu verworren, es ergab keinen Sinn. Wir schauten uns danach einem Film an. Als der zu Ende war, kam sie auf ein anderes Thema zu sprechen.

„Was ist jetzt mit deiner Freundin, hast du mit ihr gesprochen?"

„Ja, aber sie hört mir nicht zu, sie will nichts mehr von mir wissen."

„Wenn du willst, kann ich dich darüber hinwegtrösten."

Das wollte ich eigentlich nicht. Susie war sicher sehr schön, reizen könnte sie mich schon, das hatte ich schon mehrmals bemerkt. Aber, erklären konnte ich mir das eigentlich nicht, ich liebte Anja, mit ihr wollte ich zusammen sein. Susie schaute mich an.

„Warum sagst du nichts?"

Weil ich nicht antworten wollte, blickte ich sie nur an, suchte nach der richtigen Antwort. Sie stand auf und kam auf mich zu. Ich saß in einen Sessel. Blieb vor mir stehen und schaute auf mich herab.

„Ich würde so gerne von jemandem umarmt und geküsst. Erinnerst du dich noch an den Abend in der Disco? Da hast du die ganze Zeit dasselbe überlegt, wie ich jetzt. Und du hast auch bekommen, was du wolltest."

„Das ist schon so lange her, da kannte ich Anja noch nicht."

„Und ob du sie gekannt hast, vielleicht warst du nur noch nicht mit ihr im Bett. Als wir Essen waren, habe ich sehr wohl bemerkt, dass ihr euch kanntet."

„Kennen und lieben sind zweierlei."

„Warum lieben wir uns dann nicht einmal? Dann kannst du

nachher wählen.“

„Wie beim Autokauf nach einer Probefahrt?“

„Ja.“

Ich schüttelte nur den Kopf. Sie setzte sich auf meinem Schoß und umarmte mich. Die Szene kam mir vertraut vor, es fehlte nur das Glas. Ich ließ es einfach geschehen. Bevor es kein zurück mehr gab, riss ich mich jedoch zusammen.

„Jetzt hören wir auf. Ich will das nicht.“

„Nachher?“

„Auch nachher nicht.“

„Kann ich heute Nacht bei dir im Bett schlafen? Auf dem Sofa ist es so unbequem.“

„Ja, dann schlafe ich auf dem Sofa.“

„Nein, dein Bett ist groß genug für Zwei. Ich verspreche dir auch, dass ich keine Annäherungsversuche machen werde. Ich schlafe in meiner Hälfte und du, wenn du willst, in deiner Hälfte.“

Vielleicht habe ich es als Probe angesehen, ich willigte letztendlich ein. Dann trank ich noch ein Bier, sie stöberte in meinem Bücherregal, fand aber kein interessantes Buch. Wir gingen bald zu Bett, es war eigentlich nicht meine Zeit, normal ging ich später schlafen. Aber ich war auch müde. Sie zog sich im Bad demonstrativ ganz aus, zog nur ein Hemd von mir an und ließ es vorne offen.

Da war wieder die Regung. Diesmal bemerkte sie es, ich schlüpfte schnell in meinen Schlafanzug. Sie schaute interessiert auf die Wölbung, sagte aber nichts.

Wir wünschten uns eine gute Nacht, wie ein altes Ehepaar, mit einem flüchtigen Kuss und jeder zog sich in seine Hälfte und unter seine Decke zurück. Ich musste mich schon zusammennehmen, die Versuchung war schon sehr nahe. Ich dachte aber immer an Anja, mir wäre es lieber gewesen, sie hätte neben mir gelegen. Mit diesen Gedanken schlief ich ein.

Ich erwachte, als der Wecker klingelte und fühlte mich seit Tagen richtig ausgeschlafen. Susie rappelte sich auch auf und kroch unter meine Decke, schmiegte sich an mich.

„Guten Morgen mein Schatz."

„Ich heiße Gerd."

„Hast du deine Meinung noch nicht geändert?"

„Nein."

„Dann mache ich dir jetzt das Frühstück."

Mein Chef kam im Laufe des Tages bei mir vorbei und meinte nur: „Hoffentlich hält das an."

„Das kann ich noch nicht versprechen", antwortete ich nur.

Ich überlegte auf dem Nachhauseweg, ob ich bei Anja vorbeifahren sollte, sie musste an diesem Tag frei haben. Ließ es dann aber, als ich mich wieder an den Rat vom Wirt erinnerte. Am Freitag würde ich es wieder versuchen. Richtig gut gelaunt kam ich nach Hause.

Susie saß mit verweinten Augen und ziemlich niedergeschlagen im Wohnzimmer.

„Was ist los? Ist etwas passiert?"

„Hilf mir bitte, bitte, bitte!"

Jetzt weinte sie hemmungslos.

„Hilf mir bitte", sagte sie flehentlich.

„Ja, ich helfe dir. Was ist denn los?"

„Ich bin ganz allein."

„Du hast doch mich."

„Dich?" sie schaute mich an. Ich wusste in diesem Moment nicht, was geschehen war und was sie wollte. Um mich ins Bett zu bekommen, würde sie bestimmt nicht so etwas inszenieren.

„Jetzt sage mir doch endlich, was los ist."

„Bitte halte mich, halte mich ganz fest."

Ich nahm sie in den Arm. Wie eine Schwester, ich hatte zwar keine, wollte ich sie in Zukunft behandeln. Und eine Schwester nahm man sicher in den Arm, um sie zu trösten, wenn sie Probleme hatte. Sie drückte sich ganz fest an mich, fast krampfhaft, ich drückte sie auch. Als sich ihr Griff lockerte, fragte ich sie noch einmal, was eigentlich los sei.

„Der Kommissar war heute Nachmittag hier. Sie wollen meine Schwester übermorgen begraben und er fragte mich, ob ich dabei sein wolle. Er sagte mir aber auch, dass es wahrscheinlich gefährlich werden könnte, aber sie wollten mich beschützen. Sie hoffen, dass sich vielleicht einer der Kerle auf dem Friedhof sehen lässt, sie bringen es extra in der Zeitung. Würdest du mitkommen, wenn ich dort hingehe?"

„Natürlich. - Hast du sonst keine Angehörigen mehr?"

„Doch schon. Aber meine Eltern sind geschieden, ich habe zu keinem von beiden ein inniges Verhältnis. Susanne war meine Familie. Und ich habe sie zerstört. Sie ist jetzt tot."

Mit dieser Erkenntnis musste sie in Zukunft leben. Es half nichts, wenn ich ihr widersprach. Aber sie konnte damit leben, das hatten die letzten Tage auch gezeigt.

Sie machte an diesem Abend keine Annäherungsversuche. Sie hatte auch mehr an, wie am Abend zuvor, als wir zu Bett gingen. Sie schlief allerdings unter meiner Decke, anscheinend brauchte sie die Wärme eines vertrauten Menschen.

Als der Wecker uns aus den Träumen riss, hielten wir uns in den Armen. Als ich in ihr Gesicht sah, wusste ich, dass es ihr nicht viel besser ging, als am Abend zuvor. Durch die nahende Beerdigung, war ihr alles wieder in Erinnerung gekommen, was sie in den letzten Tagen schon etwas verdrängt und verarbeitet hatte.

Mein Chef stellte keine Fragen wegen dem Urlaub am Freitag. Er hatte mir ja angeboten Urlaub zu nehmen, wenn sich bei mir Probleme ergäben. Er hatte sicher auch wohlwollend registriert, dass ich die letzten beiden Tage wirklich fit bei der Arbeit war.

18

Als ich abends nach Hause kam, war der Kommissar da. Er war kurz zuvor gekommen und wollte mit mir das Verhalten bei der Beerdigung besprechen.

„Herr Merl, mir wäre wohler, wenn sie nicht dabei wären, zumindest nicht auf dem Friedhof."

„Susie hat mich gebeten, dass ich mitkommen solle."

„Ja, im Prinzip ist dagegen auch nichts einzuwenden. Nur schauen sie, wir hoffen, dass sich die Verbrecher irgendwie auf dem Friedhof sehen lassen. Wir gehen davon aus, dass sie Frau Merder haben wollen, da sie zumindest zwei der Verbrecher gesehen hat. Welche Rolle ihr Bekannter bei der Sache spielt, ist uns immer noch unklar. Wir gehen zunächst einmal davon aus, dass er auch ein Opfer ist. Also Frau Merder, sie brauchen nicht gehen, wenn ihnen das zu riskant ist, ich hätte dafür Verständnis."

„Herr Bunger, wir haben das in allen Einzelheiten durchgesprochen, ich weiß, dass es für mich gefährlich werden kann. Ich habe mir das alles gründlich überlegt. Ich bin es meiner Schwester schuldig, ich will, dass ihre Mörder gefasst werden. Ich brauche aber wenigstens Gerd dabei, sonst komme ich mir total einsam und verloren vor."

„Wir haben ihre Eltern verständigt, die werden auch dort sein, nehme ich an."

„Auf diese lege ich im Moment keinen großen Wert, sie waren bisher meistens nicht da, wenn ich sie gebraucht hätte."

„Wieso wollen sie eigentlich, dass ich auf dem Friedhof nicht dabei bin?", fragte ich den Kommissar.

„Weil wir Frau Merder bisher ziemlich sicher bei ihnen untergebracht haben. Niemand bringt sie bisher mit ihnen in Verbindung und wen sie jetzt mit ihr auf dem Friedhof stehen, dann könnten die versuchen über sie an Frau Merder heranzukommen."

„Ich brauche ihn aber, sonst stehe ich das nicht durch."

Der Kommissar wandte sich wieder an mich: „Was für ein Verhältnis haben sie eigentlich zu Frau Merder? Hat sich das mit ihrer Freundin erledigt?"

„Wir haben kein Verhältnis, wenn sie das meinen. Und meine Freundin, die stellt sich immer noch stur, vermutet ein Verhältnis zwischen Susie und mir."

„So abwegig ist der Gedanke wohl nicht. Aber das geht mich nichts an, für meine Ermittlungen ist dies unwichtig und das andere ist eure Privatsache."

Und nach einer Pause: „Eigentlich müsste ich darauf bestehen, dass sie im Auto sitzen bleiben oder wenigstens in einigem Abstand stehen."

„Hören sie, ich halte das alleine bestimmt nicht durch", meinte nun Susie wieder, „es ist sowieso alles so schrecklich."

Der Kommissar überlegte eine Weile und schüttelte dann den Kopf: „Meine Vorgesetzten reißen mir den Kopf ab, wenn das schief geht."

Er versuchte noch einmal eindringlich Susie das Ganze auszureden, Kompromisse zu finden, sie blieb jedoch stur. Ich sollte, wen ich zustimmte, bei ihr sein. Ich konnte die Gefahr sowieso nicht einschätzen und erklärte mich dazu bereit.

„Na schön, wenn es nicht anders geht, "sagte der Kommissar dann das Thema abschließend, „ich brauche Frau Merder dabei, um weiterzukommen. Wir werden alles erdenkliche tun, um sie beide zu schützen."

Bunger würde uns am nächsten Vormittag abholen und uns nach Sommerau fahren. Die Beerdigung sollte um 13 Uhr sein.

Susie war sehr wortkarg an diesem Abend, war sehr in sich gekehrt.

„Wenn du Angst hast, brauchst du nicht mitkommen", sagte sie einmal.

Ich beruhigte sie, ich wollte mitkommen, nicht nur, weil ich es ihr versprochen hatte, nein, auch, weil ich für mich keine Gefahr sah. Nicht ich hatte die Gangster gesehen, sondern Susie. Und nur weil ich bei der Beerdigung dabei war, konnten die von mir nichts wollen. Und woher sollten die wissen, dass Susie bei mir ist? Überhaupt, woher sollten die wissen, wo ich wohne?

19

Bunger kam wie ausgemacht. Er brachte mir eine Polizeiuniform mit.

„Mir ist eine Idee gekommen. Ziehen sie die Uniform an. Die sollen ruhig sehen, dass Frau Merder sich der Polizei anvertraut hat und dass wir sie beschützten. Dann kommen die eventuell überhaupt nicht auf die Idee, sie mit ihr in Verbindung zu bringen."

Ihre Eltern waren auch in Sommerau. Die Begrüßung war jedoch sehr unterkühlt, die drei Sprachen nur wenig miteinander. Ihre Schwester war nicht aufgebahrt, der Anblick wäre zu schockierend gewesen.

Die Überwachung war sehr ausgefeilt, obwohl man nichts davon bemerkte. Außer mir waren nur noch zwei Uniformierte dabei, aber Bunger hatte uns gesagt, dass sie zwölf Kollegen postiert hätten. Ich versuchte herauszufinden, ob ich sie erkannte. Aber weder in der Aussegnungshalle, noch später auf dem Friedhof hätte ich mit Bestimmtheit sagen können, wer von den Trauergästen ein verkleideter Polizist war.

Es war keine große Trauergemeinde. Ein paar ältere Menschen aus dem Ort. Ein paar Jüngere, wohl Freunde, begrüßten Susie. Bunger und ich waren immer an ihrer Seite. Aber wie abgemacht, vermied es Susie mich anzusprechen. Auch ihren Eltern hatte sie mich nicht vorgestellt.

Während des Trauergottesdienstes saß sie in sich versunken da, nur ab und zu liefen ihr Tränen über die Wangen. Als dann der Sarg zum offenen Grab getragen wurde, wollten ihre Eltern sie in die Mitte nehmen, aber Susie klammerte sich plötzlich krampfhaft an meinem Arm.

„Komm, bleibt du neben mir."

Bunger hielt sich im Hintergrund. Er hatte mir erklärt, dass jetzt die gefährlichsten Momente kämen. In der Aussegnungshalle sei es unwahrscheinlich, dass jemand versuchen würde, auf Susie zu schießen, aber draußen. Man hätte zwar alles abgesucht und würde auch die ganze Umgebung beobachten, aber es gebe noch genügend Verstecke, die man nicht sofort einsehen konnte. Alles blieb ruhig.

Susie weinte leise, bis zu dem Moment, als der Sarg in das offene Grab hinabgelassen wurde. Jetzt fing sie plötzlich laut zu weinen an und rief schluchzend: „Verzeih mir, Susanne, verzeih mir. Ich bin schuld an deinem Tod. Ich weiß nicht, was ich jetzt ohne dich anfangen soll."

Sie kniete vor dem Grab, ich hatte Angst, dass sie hineinfallen würde, sie schwankte sehr. Ich trat deshalb hinter sie hin und griff sie an den Schultern. Sie stand langsam auf und hielt meinen Arm und drehte sich vom offenen Grab weg. Ich stand jetzt vor ihr. Sie legte ihren Kopf an meine Schulter und weinte bitterlich. Bunger war auch an das Grab getreten, hatte wie üblich ein paar Blumen auf den Sarg geworfen.

„Gehen wir weg hier", drängte er uns.

Er führte uns in eine Ecke, die, so schien es mir, geschützt lag. Man konnte sie nicht von allen Seiten einsehen. Susie hielt mich jetzt nicht mehr fest. Aber immer, wenn ich einen Schritt nach hinten machen wollte, griff sie nach meinem Arm. Ihre Eltern und wir standen dort, Bunger etwas im Hintergrund. Die Trauergäste bekundeten ihr Beileid, viele auch mir, weil ich so dicht dabei stand. Das war mir nicht recht. Bunger auch nicht, er versuchte mich einmal nach hinten zu ziehen, aber sofort war die Hand von

Susie wieder da.

Alles war bisher ruhig geblieben. Als alle Freunde gegangen waren, wollte Susie noch einmal an das Grab treten. Bunger war dieses allerdings überhaupt nicht recht. Seine Leute hatten sich wohl schon weitgehend zurückgezogen. Ich vermutete, dass die Sargträger auch Polizisten waren, die standen noch da und begannen schon, das Grab zu zuschaufeln.

Susie hielt sich jetzt nicht mehr lange an dem Grab auf, sie weinte immer noch. Der Kommissar führte uns in einen Raum in der Aussegnungshalle.

„Wenn sie mit ihren Eltern reden wollen, lassen wir sie jetzt allein."

Sie wollte nicht, aber ihre Eltern bedrängten sie. Wir gingen hinaus.

„Ist die Gefahr jetzt vorbei?", fragte ich Bunger.

„Noch nicht."

„War jemand von den Gangster da?"

„Haben sie die Phantombilder in Erinnerung?"

„Ja."

„Haben sie jemand erkannt?"

„Nein, ich habe die Menschen auch nicht genau betrachtet, ich habe mehr auf Susie geachtet."

„Ich habe auch niemand erkannt und ich habe mich sehr intensiv umgeschaut. Sie wären auch blöd, wenn sie selbst hier auftauchten."

„Aber darauf hatten sie doch gehofft?"

„Ja, auch, aber damit gerechnet habe ich nicht. Wir haben alle Gäste heimlich fotografiert und ich habe mir auch die gemerkt, die am Grab nicht das Beileid ausgesprochen haben. Vielleicht finden wir da eine Person in unserer Kartei und können dadurch wieder Puzzleteile finden. Da bisher niemand auf Frau Merder geschossen hat, nehme ich einmal an, dass sie nachher versuchen werden, uns zu folgen. Auch da haben wir noch eine Chance irgendwo anzuknüpfen."

Die Unterredung mit ihren Eltern dauerte keine zehn Minuten, dann trat sie aus dem Raum.

„Können wir gehen?"

Im Auto fragte Susie, ob wir bei ihr Zuhause vorbeifahren könnten, sie wollte Kleidung und einige sonstige Utensilien mitnehmen. Bunger hatte ihr für die Beerdigung schwarze Kleidung seiner Frau mitgebracht. Er willigte ein, nachdem er mit den beiden uniformierten Beamten gesprochen hatte. Sie folgten uns im Polizeiauto. Der Kommissar schaute sich immer wieder um, aber niemand folgte uns.

In der Wohnung sah es aus, als ob jemand alles durchstöbert hätte.

„Das war schon so, bevor wir in der Wohnung waren, „sagte uns der Kommissar, „es sah noch schlimmer aus, wir haben schon etwas aufgeräumt."

Susie sagte nichts, packte nur wortlos einen Koffer, auch Fotografien von ihrer Schwester nahm sie mit.

„Wir fahren jetzt nach Trier ins Polizeipräsidium und werden dort den Wagen wechseln, sie werden sich auch wieder umziehen", sagte er zu mir gewandt, ich hatte mir Kleider mitgenommen.

„Beim Aussteigen bemerkte ich das Nummernschild, wir waren die ganze Zeit in einem Auto mit Trierer Kennzeichen gefahren. Nach einer halben Stunde auf dem Polizeirevier kam ein Beamter herein und meldete, dass kein verdächtiges Auto oder eine

Person gesichtet wurde. Bunger verabschiedete sich von seinen Kollegen.

Wir bestiegen nun ein neues Auto, ich hatte mich mittlerweile umgezogen, war nicht mehr der Polizist, Susie auch. Bunger bat mich zu fahren. Susie sollte sich zunächst auf den Rücksitz legen, so dass sie nicht zu sehen war. Er versuchte immer, ein Verfolgerauto auszumachen. Sagte mir auch manchmal, ich sollte schneller oder langsamer fahren, aber es war kein uns folgendes Auto feststellbar. Anscheinend war der Kommissar enttäuscht. Seine Hoffnung schien sich nicht zu erfüllen.

„Ich verstehe das nicht. Aber bestimmt sind das doch keine raffinierten Gangster. Auch das mit der Wohnung war nicht profihaft."

„Haben sie die Wohnung gefunden?"

„Ja."

„Und? Keine Hinweise?"

„Keine brauchbaren. Die Wohnung war nicht gemietet, sie stand nur gerade leer. Und der Vermieter konnte uns keine Hinweise geben."

Viel mehr Unterhaltung war während der Fahrt nicht. Wir kamen gut voran, keine Staus auf der Autobahn. Es war bewölkt, aber es regnete nicht. Susie hatte sich schon lange wieder aufgesetzt, sprach aber kein Wort. Nur ab und zu hatte ich den Eindruck, dass sie leise vor sich hin weinte.

„Fahren sie zunächst zum Polizeirevier, auch wenn uns anscheinend niemand gefolgt ist, werden wir zur Vorsicht den Wagen wechseln."

Zwei Kollegen von Bunger fuhren uns Heim, wir versteckten uns auf dem Rücksitz. Ungehindert kamen wir kurz nach 18.15 Uhr zu meiner Wohnung.

„Bist du froh, dass alles vorüber ist?", fragte ich Susie, als die Wohnungstür hinter uns zugefallen war.

„Ja, ich kam mir so verloren vor. Bisher war es mir trotz allem nicht so recht bewusst, was es für mich bedeutete, dass Susanne tot ist. Aber auf dem Friedhof und in der Wohnung ..." fing sie wieder zu weinen an.

Ich nahm sie instinktiv in die Arme, sie tat mir so furchtbar leid.

„Ja, halt mich, halte mich bitte ganz fest."

Wir standen bestimmt eine Viertelstunde so da, hielten uns einfach eng umschlungen.

Susie war es dann, die sich löste: „Hast du keinen Hunger? Ich habe ganz plötzlich fürchterlichen Hunger."

Ich hatte seit dem Frühstück nur ein belegtes Brötchen im Auto gegessen. Susie hatte den ganzen Tag nichts gegessen. Sie kochte uns Spaghetti, irgendwie war sie auf einen Schlag verändert, nicht mehr so traurig, weinte auch nicht mehr.

„Hast du ein Flasche Wein im Haus? Ich hätte jetzt Lust auf einen Schluck Wein."

Ich holte eine Flasche aus dem Keller. Mein Keller war nicht sehr groß, nur ein Bretterverschlag, außer ein paar Flaschen Wein, hatte ich dort nur noch meine Ski und ein paar Bündel alter Zeitungen untergebracht. Nach dem Essen und beim zweiten Glas Wein, fragte ich sie dann, warum sie plötzlich so verändert sei.

„Weißt du, ich habe mich wieder an die Beerdigung meines Großvaters erinnert, alle waren bei der Beerdigung auf dem Friedhof traurig, haben geweint und anschließend saß die Verwandtschaft und Bekannte in einer Wirtschaft, die haben auch

Wein getrunken. Und dann waren alle auf einmal fröhlich, keiner hat mehr geweint, sogar Witze haben die erzählt."

Und von einem Moment zum anderen schlug ihre Stimmung wieder um.

„Aber so ist das heute nicht."

„Doch, lass uns fröhlich sein."

„Nein, ich habe es versucht, ich kann es nicht. Vielleicht werde ich mich betrinken, es hilft bestimmt kurzfristig."

Wir saßen wieder da, die Stimmung war nicht besonders.

Irgendwann dachte ich wieder an Anja. Ich wollte es an diesem Abend noch einmal bei ihr versuchen. Wenn der Wirt recht behielt, dann würde sie endlich mit mir reden. Ich hätte dringend einen Menschen gebraucht, der Susie auch unterstützen konnte.

Die letzten drei Tage mit Susie waren nicht sehr erbaulich gewesen, es war schon sehr bedrückend. Ich wollte ihr gerne helfen, aber ich wusste nicht wie. Sie wollte diese Woche schon mit mir schlafen, ich weiß nicht, ob ihr das geholfen hätte. Aber Sex war es wahrscheinlich nicht, was sie unbedingt suchte, sondern wie sie hoffte, die Beziehung, die sich daraus entwickeln konnte. So wie die Beerdigung verlaufen war, musste ich annehmen, dass sie keinen Menschen mehr hatte, auf den sie sich verlassen konnte, der ihr in vielen Lebenslagen half. Auch deshalb wohl schmerzte der Tod ihrer Schwester besonders schwer. Zum Einen hoffte und wollte sie bestimmt, dass man den oder die Mörder ihrer Schwester schnell fand, andererseits hatte sie bei mir wenigstens ein zu Hause, wo sie nicht alleine war.

Gerade deshalb musste ich endlich mit Anja reden, ich wollte Anja, ich liebte sie. Und Susie mochte ich, ihr wollte ich helfen. Wenn alles vorüber war, konnte Anja zu mir ziehen und Susie in ihre Wohnung, aber dazu musste mir Anja endlich zuhören.

Das mit dem Betrinken klappte bei Susie nicht. Sie trank noch zwei weitere Gläser Wein, aber das war zu wenig, um betrunken zu werden. Sie starte in den Fernseher, ohne, so nahm ich an, groß etwas vom Programm mitzubekommen. Sie war sehr ernst, wirkte abwesend, nachdenklich. Sie schaute nicht einmal auf, sagte nur ja, als ich ihr gegen 23 Uhr sagte, dass ich noch in die Wirtschaft wollte, um mit Anja zu reden.

20

Anja wirkte so wie immer, die Gaststätte war noch ziemlich gut besetzt. Von meinen Freunden war keiner da. Ich setzte mich an die Theke.

„Was bekommen sie?"

Mit sie redete mich Anja jetzt schon an.

„Kennen sie mich nicht mehr?", antwortete ich freundlich.

„Doch, ich habe sie schon einmal gesehen, was darf ich ihnen bringen?"

„Ein Bier bitte."

Irgendwie war ich völlig perplex, mit dem sie hatte mich Anja überrumpelt. Ich hatte mir zuvor keine Strategie zurecht gelegt, wie ich das Gespräch führen wollte, aber mit dieser Reaktion hatte ich nicht gerechnet. Sie brachte mir das Bier, wieder kein persönliches Wort. Ich bestellte kurz darauf noch eines, weil ich warten wollte, bis es ruhiger in der Wirtschaft wurde, dann wollte ich mit ihr reden. Es war schon nach Mitternacht, als ich es wieder versuchte. Sie spülte gerade ein paar Gläser ab und ich saß ihr genau gegenüber.

„Anja, ich muss unbedingt mit dir reden."

„Ich wüsste nicht, was ich mit ihnen zu bereden hätte."

„Lass doch endlich den Quatsch, ich liebe dich", sagte ich ärgerlich. Sie schaute auf und sah mich an.

„Das hättest du dir früher überlegen sollen, ich habe dir schon einmal gesagt, ich teile dich nicht mit einer Anderen."

„Jetzt lass dir doch endlich erklären, wie alles war, dass alles ein Missverständnis ist."

An einem Tisch rief ein Gast „zahlen" sie ging, ohne mir zu

antworten. Als sie wieder beim Gläserspülen war, versuchte ich es noch einmal.

„Kannst du mir nicht wenigstens den Gefallen tun und mich anhören?"

„Wozu sollte das gut sein?"

„Ich liebe dich, ich will dich haben, nur dich."

„Ist die andere noch bei dir in der Wohnung?"

„Ja ..."

Sie unterbrach mich ärgerlich: „Also, wozu sollten wir dann reden?"

„Ich kann sie nicht einfach rauswerfen, das geht nicht."

„Jetzt hörst du mir einmal ganz genau zu, du kannst mir viel erzählen, aber ich glaube dir nicht mehr. Tobias war gestern hier und hat nach dir gefragt, er hätte dich seit Montag nicht mehr gesehen. Und du willst mir ein Märchen erzählen? In der Zeit, als du mit mir zusammen warst, hast du ihn nicht vernachlässigt. Aber mit der bei dir zu Hause, hast du nicht einmal mehr Zeit fürs Vereinsheim. Was also willst du mir wohl erzählen?"

„Schau, die bei mir zu Hause, wie du sie nennst, ist in großen Schwierigkeiten."

„Dann hilf ihr nur, aber ohne mich."

„Ich brauche dich aber."

„Quatsch! Wozu? Kann sie nicht kochen?"

„Ach Anja, Mensch, lass das doch endlich und höre mir zu."

„Ich habe keine Zeit."

„Gut, dann unterhalten wir uns, wenn du Feierabend hast."

„Dann bin ich müde."

„Dann morgen."

„Nein, nicht heute, nicht morgen, nicht an irgend einem anderen

Tag, begreife das doch endlich, es ist Schluss. Aus. Ende."

Sie ging in die Küche, nach einer Weile kam der Wirt heraus.

„Noch ein Bier?", fragte er mich.

„Ja. Was ist los mit ihr? Ich dachte du kennst sie?"

„Ich weiß nicht was mit ihr los ist. Sie will nichts mehr mit dir zu tun haben. Sie will dir nicht einmal mehr ein Bier servieren."

„Ich habe ihr doch nichts getan."

„Doch, anscheinend hast du ihr sehr weh getan."

„Natürlich war alles blöd. Aber ich müsste doch wenigstens die Chance haben, ihr alles zu erklären."

„Die will sie dir anscheinend nicht geben. Ich habe sie diese Woche auch einmal darauf angesprochen, aber da geht bei ihr der Rollladen runter, da ist nichts zu machen."

„Und was soll ich jetzt tun? Ich will sie doch."

„Im Moment hast du keine Chance. - Ist die Frau noch bei dir?"

„Ja."

„Versuch es noch einmal, wenn diese wieder fort ist."

Nein, so nicht. Ich musste mir nur den Vorwurf gefallen lassen, dass ich Anja nicht früher eingeweiht hatte, sonst keinen. Ich hatte sie nie betrogen, trotz aller Möglichkeiten. Nein, das konnte sie mit mir nicht machen. Ich trank noch ein weiteres Bier. Sie sprach mich nicht mehr an, ich sie auch nicht.

Ich habe sie nur angeschaut, sie war wirklich schön, begehrenswert. Ich würde viel für sie tun, aber mich selbst aufgeben, das nicht. Gewisse Prinzipien hatte ich auch. Mehr, als sie um eine Unterredung bitten, konnte ich nicht. Um Verzeihung bitten musste ich nicht, ich hatte nichts getan, weshalb ich dieses machen müsste. Wenn ihre Reaktion auch ein Wesenszug von ihr war, dann musste ich das Ganze sowieso noch einmal überdenken. Ich zahlte beim Wirt und ging ohne ihr auf Wiedersehen zu sagen.

21

Susie saß immer noch vor dem Fernseher. Ich holte mir noch ein Bier.

„Und? Ist alles wieder in Ordnung?", fragte sie mich dann.

„Nein", sagte ich nur kurz.

Mir war jetzt nicht nach reden. Als ich mein Bier getrunken hatte, fragte ich sie, ob wir zu Bett gehen könnten. Sie schaltete ohne eine Antwort den Fernseher aus und ging ins Bad.

Als wir dann im Bett lagen, schlüpfte sie wieder zu mir unter die Decke. Ich nahm sie in den Arm und küsste sie. Zunächst blieb sie nur ruhig liegen. Ich tastete ihren Körper ab, aber als ich mit einer Hand unter ihren Slip fuhr, fragte sie mich: "Können wir das auf morgen verschieben? Ich bin heute nicht in der Stimmung."

„Ja, sicher. Ich werde nur das tun, was du auch willst."

„Danke. - Morgen geht es mir bestimmt besser."

Wir lagen noch einige Zeit eng umschlungen da. Wenige Stunden zuvor hätte ich das nicht getan. Aber was hielt mich jetzt noch davon ab? Anja glaubte ja, dass wir etwas miteinander hätten und deshalb wollte sie mich nicht mehr. Und ich fand Susie auch attraktiv, wollte sie damals wieder sehen, also warum sollte es dann nicht geschehen.

Ich hatte eine Lösung angestrebt, die Susie, Anja und mich einbezog. Doch Anja wollte das nicht. Also was blieb? Eine Zweierlösung ohne Anja.

Susie war am nächsten Morgen zuerst aufgestanden. Es roch nach Kaffee, als ich erwachte. Ich schaute nicht nach dem Wecker, blieb einfach im Bett liegen. Nach einer Weile kam Susie ins Schlafzimmer.

„Du bist schon wach?", lächelte sie.

Ich musste zweimal hinsehen. Sie wirkte völlig verändert, zwar noch im Schlafanzug, aber keinen traurigen Gesichtsausdruck mehr. Sie schlüpfte zu mir unter die Decke. Ich nahm sie in die Arme.

„Hast du das ernst gemeint heute nacht?", fragte sie mich.

„Ja."

Bevor die Hände wieder zu Wandern begannen, kam mir Anja in den Sinn.

„Aber es war nur, weil ich so wütend auf Anja war. Es wäre ihr und dir gegenüber unfair, wenn wir es jetzt tun würden."

„Aber ich möchte es doch auch."

„Bist du sicher?"

„Ja." Sie kuschelte sich enger an mich.

„Nein! Du brauchst nur eine Stütze. Jemand, der dir über das Vorgefallene hinweghilft."

„Ja. Und was verbietet uns, dass wir uns auch lieben."

„Eigentlich nichts. Aber ich glaube, ich liebe Anja. Ich möchte sie nicht betrügen."

Sie schaute mich enttäuscht an: „Einmal? Probefahrt?"

Susie wollte nicht verstehen. Sie schaute mich verliebt an und lächelte.

„Ok. Der Tag fängt ja erst an."

Wieder kein Sommerwochenende. Freitags hatte es wieder einmal gewittert und die Sonne wollte an diesem Samstag nicht so recht in die Gänge kommen, es war windig und kühl. In Rutesheim war an diesem Wochenende auch nichts los, also hingen wir den ganzen Tag nur herum. Susie war die ganze Zeit gut aufgelegt und versuchte ein paar Mal mich zu verführen. Ich machte mir schon Gedanken, warum ich dies alles für Susie tat. Wenn sie damals geblieben wäre, würde es dann Anja geben? Blöde Situation. Das mit Anja musste mehr sein. Ohne sie wäre ich ohne nach zu denken und egal in welcher Situation schon lange mit Susie intim gewesen.

Gegen Abend fragte sie mich, ob wir ausgehen könnten, sie käme sich langsam wie im Gefängnis vor. Zunächst versuchte ich ihr dies, mit dem Hinweis, dass es gefährlich sein könnte, auszureden.

„Ich glaube, die haben mich vergessen. Die haben sich bestimmt abgesetzt, als die Phantombilder in der Zeitung kamen. Ich kann der Polizei sowieso nichts Neues erzählen, die wissen schon alles.“

„Zum Identifizieren brauchen die dich noch, ein Phantombild genügt nicht.“

„Ach und wenn schon. War vielleicht jemand auf dem Friedhof? Oder hat uns jemand verfolgt, als wir herfuhren? - Nein“, antwortete sie selbst. "Und wenn wir in die Disco gehen, meinst du, die warten ausgerechnet dort auf mich? Die vermuten mich doch eher in Trier. Sag schon ja.“

So bestimmend hatte ich sie noch nie erlebt. Nur wollte ich ihr nicht den Gefallen tun, mir schien es einfach zu gefährlich.

„Geht es dir wirklich gut?“

„Ja, das siehst du doch“, dabei lächelte sie mich wieder an.

„Ich meine nur. Wenn ich an die letzten Tage denke.“

„Willst du mich wieder so haben?“ fragte sie ernst.

„Nein“, so war sie mir schon lieber.

„Schau, ich habe so viel Trauriges mitgemacht, gestern war der absolute Tiefpunkt. Und dann warst plötzlich du da."

„Ich war doch die ganze Zeit da."

„Du weißt schon, wie ich das meine. Das hat mir wieder so viel Auftrieb gegeben und ich bin nun einmal einen positiv denkender Mensch."

„So war ich nicht da."

„Gestern schon."

„Also, lassen wir das und bleiben heute Abend hier."

Sie schaute mich verdutzt an: „Sei doch kein Frosch, ich verkleide mich auch. Du kannst mir die Haare schneiden, aber lass uns bitte gehen."

Ich versuchte es noch mit einigen Argumenten, bis wir uns dann endlich einigten, dass wir gegen später, aber höchstens eine Stunde, in die Disco, wo wir unseren ersten gemeinsamen Abend verbracht hatten, gehen würden.

Das mit der Stunde war eigentlich idiotisch. Ob wir nun eine oder fünf Stunden weggingen, war egal, wenn man tatsächlich nach ihr suchte, waren fünf Minuten zuviel. Die Gefahr war, dass sie von vielen Menschen gesehen wurde. Und je mehr Menschen sie sahen, desto größer war die Wahrscheinlichkeit, dass auch der Mörder beziehungsweise die Personen, die sie suchten, davon erfuhren.

Sie war sehr lieb zu mir in den folgenden Stunden. Sie trug ein Kopftuch, als wir gingen.

„So erkennt mich bestimmt niemand."

Jetzt war es auch nicht gefährlich. Denn die wussten sicher nicht, dass sie bei mir war, sonst hätten sie Susie schon längst geholt.

Der Abend verlief angenehm, aus der einen Stunde wurden drei. Sie genoss es wieder einmal unter Menschen, fröhlichen

Menschen, zu sein. Wir verstanden uns prächtig, das Thema unserer Gespräche war dieses Mal nicht das Wetter.

Am Sonntag wollte ich eigentlich mal wieder nach meinen Freunden im Freizeitpark sehen, als sie aber zu erkennen gab, dass sie auch mitkommen würde, beschloss ich zu Hause zu bleiben. Unser Discobesuch hatte anscheinend keine Folgen, wir blieben den ganzen Sonntag unbehelligt.

Am Montag ging ich normal zur Arbeit. Nach Feierabend musste ich einkaufen, mein Kühlschrank hatte sich wieder ziemlich geleert, schon am Samstag hätte ich eigentlich einkaufen sollen. Es war ein kühler Tag, aber regnete nicht. Vor meinem Haus parkte ich mein Auto. Als ich die Haustüre aufschloss spürte ich plötzlich einen Gegenstand im Rücken.

Ich wollte mich umdrehen, aber eine Stimme befahl mir: „Nicht umdrehen, das, was sie spüren, ist ein Revolver, der geht los, wenn sie schreien oder sich umdrehen. Verstanden?"

„Ja." Ich verspürte kurzfristig panische Angst.

„Wo ist sie?", fragte mich der Mann mit der Pistole und drückte diese etwas fester gegen meinen Rücken.

„Wer?"

„Tun sie nicht so blöde, sie wissen genau, wen wir suchen."

Susie bestimmt. Also hatte man uns doch entdeckt.

„Ich weiß nicht wo sie ist, da müssen sie schon die Polizei fragen", versuchte ich es zunächst.

„Erzählen sie keine Märchen. Wir haben sie mit ihnen gesehen. Also wo ist sie?"

Seine Stimme klang sehr unfreundlich und um mir seine Entschlossenheit zu dokumentieren, drückte er die Pistole fester gegen meinem Rücken.

„Ich weiß es wirklich nicht."

Ich hoffte die ganze Zeit, dass irgend jemand kommen würde. Um Hilfe traute ich mich nicht zu rufen, dazu hatte ich viel zu sehr Angst. Ich zweifelte keinen Augenblick, dass der Mann hinter mir schießen würde. Ich überlegte krampfhaft, was ich unternehmen könnte. Susie war da oben in meiner Wohnung. Wenn der Mann mit mir jetzt da hoch ging, dann hatten sie Susie. Ich wollte mir überhaupt nicht vorstellen, was dann mit ihr geschehen könnte.

„Ist sie vielleicht bei ihnen in der Wohnung?"

„Nein."

Dieses Nein kam viel zu schnell, zu hastig, ich glaubte, dass ich mich dadurch verraten hätte.

„Schließen sie bitte auf, dann schauen wir nach."

Ich zögerte.

„Los schneller. Machen sie kein Licht und drehen sie sich nicht um."

Ich tat was er befahl. Überlegte mir, ob ich ihn nicht angreifen sollte. Wenn er auf mich schoss, musste er fliehen, die anderen Mitbewohner würden den Knall hören. Ich unterließ es. Bis die Polizei dann kam, hätte er Zeit gehabt Susie doch zu holen. Mit dem Revolver war er im Vorteil. Was, wenn er noch mehr Menschen anschoss oder gar erschoss? Ich fügte mich also in mein Schicksal und hoffte, dass er nur Susie wollte und dann könnte ich die Polizei alarmieren, vielleicht konnte ich ihr so helfen.

Ich ging die Stufen zu meiner Wohnung hinauf, immer den Revolver im Rücken spürend. Ich tat so, als ob ich das Schlüsselloch nicht fände. Ich hoffte, dass Susie das Kratzen an der Türe hörte und sich instinktiv versteckte.

„Los machen sie schon", herrschte er mich an.

Ich schloss auf. Noch einmal hatte ich Hoffnung, im Flur brannte kein Licht, vielleicht hatte sie es doch bemerkt und sich versteckt.

„Wo ist sie?", fragte er mich wieder.

„Ich sagte ihnen doch schon einmal, dass ich es nicht weiß."

Statt einer Antwort spürte ich, wie mich etwas am Kopf traf. Und dann nichts mehr.

22

Als ich wieder erwachte, durchzuckte mich ein stechender Schmerz. Ich konnte ihn zunächst nicht lokalisieren, alles tat mir weh. Dann merkte ich, dass mir vor allem der Kopf und Rückenbereich schmerzte, auch an der Seite in der Lebergegend. Ich versuchte die Augen aufzumachen, es fiel mir sehr schwer.
Was war mit Susie, schoss es mir durch den Kopf. Als ich endlich die Augen aufbrachte und klarer sah, bemerkte ich, dass ich wohl im Krankenhaus lag. Ich war allein im Zimmer. Das Bett neben mir war frisch bezogen, aber unbenutzt.
Ich wollte aufstehen. Als ich den Kopf etwas hob, ließ ich es sein. Der Schmerz, den ich in dem Moment verspürte, ließ mich die Augen wieder schließen. Als er etwas nachgelassen hatte, nicht mehr stechend war, sondern nur noch leicht pochend, versuchte ich zu überlegen.
Mir fiel die Szene wieder ein, wie ich bedroht wurde. Ich musste unbedingt mit der Polizei sprechen, die mussten Susie helfen. Vielleicht konnten sie Susie noch retten.
Trotz aller Schmerzen gelang es mir nach der Schwester zu klingeln. Sofort öffnete sich die Tür und ein Polizist kam herein.
„Schnell", wieder fühlte ich diesen stechenden Schmerz, das ganze Gesicht schmerzte. Ich sprach, es war mehr ein Flüstern, trotzdem weiter.
„Holen sie Bunger, ich muss ihn sprechen. Ihr müsst Susie helfen, schnell."
Inzwischen war auch eine Schwester ins Zimmer gekommen.
„Bleiben sie ganz ruhig liegen", befahl sie mir.
Der Polizist sagte nur „ich hole ihn" und verschwand wieder.

Die Schwester deckte mich richtig zu, erst jetzt bemerkte ich, dass ich an einen Tropf angeschlossen war.

„Wozu ist das?", fragte ich sie.

„Bleiben sie ganz ruhig liegen, es wird alles gut werden. Sie sind nur noch sehr geschwächt, am besten schlafen sie wieder."

Ganz ruhig blieb ich liegen, schon wegen der Schmerzen. Ich konnte mir keinen Reim darauf machen, was mit mir passiert war. Aber anscheinend hatte man mich böse zugerichtet, womöglich hatte man auf mich geschossen. Ich wollte schlafen, aber es ging nicht. Ich machte mir so schreckliche Sorgen um Susie. Wenn nur endlich dieser Kommissar käme.

Ein Zeitgefühl hatte ich nicht, aber es schien mir unendlich lange, bis Bunger endlich kam.

„Ihr müsst Susie helfen!" - Wieder dieser stechende Schmerz.

„Sie ist in Sicherheit", antwortete er. Ein Arzt war mit ihm ins Zimmer gekommen.

„Kann ich ihm ein paar Fragen stellen", fragte Bunger diesen.

„Aber nicht zu viele, er ist noch sehr geschwächt", antwortete er.

„Haben sie die Männer gesehen, die bei ihnen waren?"

„Es war nur einer", mir fiel das Sprechen so schwer.

„Und, haben sie ihn gesehen?"

„Nein."

„Hat er mit ihnen gesprochen?"

„Ja."

„Haben sie seine Stimme schon einmal gehört?"

„Nein."

Meine Stimme war nur mehr ein Flüstern, und der Kopf schmerzte immer mehr.

„Was ist mit Susie?", wollte ich noch wissen.

„Sie ist in Sicherheit, ihr ist nichts passiert. Jetzt erholen sie sich erst einmal und dann können wir noch einmal über alles reden."
Im gehen sagte er noch: „Übrigens, Susie lässt ihnen viele Grüße ausrichten und wünscht ihnen gute Besserung."
Der Arzt untersuchte mich kurz: „Sie sollten versuchen zu schlafen, sie brauchen viel Ruhe. Rufen sie die Schwester, wenn sie wegen der Schmerzen nicht schlafen können, die wird ihnen etwas geben."
Ich versuchte meine Gedanken zu ordnen, wollte mir ein Bild machen, was mit mir geschehen war. Es gelang aus verschiedenen Gründen nicht. Ich spürte noch den Schlag gegen den Kopf. Was weiter geschehen war, wusste ich nicht, anscheinend bin ich ohnmächtig geworden. Und dann die Schmerzen, sie ließen kaum einen klaren Gedanken zu. Ich spürte auch, dass ich mich sehr schwach fühlte.
Susie war also in Ordnung und in Sicherheit, ich konnte mir das zwar nicht erklären, vor allem, wenn ich meinen Zustand betrachtete. Aufkommende Zweifel unterdrückte ich jedoch schon deshalb, weil mich eine bleierne Müdigkeit überfiel.

Es war dunkel, als ich wieder erwachte. Die Jalousie vor dem Fenster war zugezogen, ich konnte nicht nach draußen sehen. Als der Kommissar hier war, brannte glaube ich kein Licht und es war trotzdem hell im Zimmer.
Der Schmerz war nicht viel weniger geworden. Ich verspürte einen großen Drang zum Wasserlassen, deshalb klingelte ich nach der Schwester. Nach einer Weile erschien die Krankenschwester, diesmal kam kein Polizist mit ins Zimmer.
Jede Bewegung verursachte noch immer Schmerzen. Sie zeigte

mir das mit dem Kolben und ich brachte es hinter mich. Die Schwester überprüfte noch einmal meinen Tropf und fragte, ob ich etwas gegen meine Schmerzen bräuchte, damit ich weiterschlafen könnte. Ich wollte nichts und schlief wieder ein.

So ging das noch zwei, drei Mal und mit jedem Erwachen fühlte ich etwas weniger Schmerzen. Einmal blickte ich in das Gesicht einer Krankenschwester. Sie lächelte mich an: „Haben sie gut geschlafen?"

Ich wollte ihr antworten, aber mein Kiefer schien zugewachsen. Mit etwas Übung konnte ich ihn dann doch bewegen. Es war nur noch ein leichtes ziehen, das ich verspürte. Wo es mich starker schmerzte, spürte ich, als ich mich zu bewegen versuchte.

„Können sie aufstehen?"

„Aufstehen?", brachte ich fragend hervor.

„Ja, das wäre gut für ihren Kreislauf, sie liegen schon drei Tage hier im Bett."

„Drei Tage?!" - Ich konnte es überhaupt nicht fassen. So lange lag ich jetzt schon da? Aufstehen sollte ich, schon das Bewegen des Kopfes machte mir Schwierigkeiten. Sie holte noch eine Kollegin, gemeinsam brachten sie mich auf die Beine. Anfangs war mir ziemlich schwindelig und ich musste mich wieder hinsetzen, aber nach einigen Minuten ging es, ich konnte alleine stehen und gehen. Sie hatten mich vom Tropf losgemacht.

„Wenn sie auf die Toilette müssen, gehen sie ruhig. Wir machen in der Zwischenzeit ihr Bett."

Ich ging sehr vorsichtig, um meinem Kopf nicht zu viele Erschütterungen zuzumuten. Auf dem Weg zur Toilette kam ich an einem Spiegel vorbei. Ich erschrak, als ich mein Gesicht darin erblickte. Ziemlich verschwollen, an einigen Stellen leuchtete es in verschiedenen Farben und um den Kopf hatte ich einen Verband, auch an der Schulter. An einigen Stellen noch verkrustetes Blut. Die Zähne schienen alle noch da und ganz zu sein. Ich kam mir ziemlich nackt vor in dem Flügelhemd, das ich als einziges anhatte.

„So geschafft?", fragte mich die Krankenschwester, als ich zurück geschlichen kam. Sie war diejenige, die mich angeblickt hatte, als ich erwachte. Sie war nett und wie mir schien, noch sehr jung.

„Haben sie mir nicht etwas anderes zum Anziehen?"

„Ach schau, kaum geht es Mann wieder etwas besser und schon wird Mann eitel."

Ich wurde trotz allem verlegen und kroch wieder ins Bett.

„Gerne würde ich ihnen etwas anderes zum Anziehen geben, aber außer ihren Kleidern, die teilweise blutverschmiert sind, haben sie nichts mitgebracht", sagte sie, nachdem sie in einem Schrank im Zimmer nachgeschaut hatte.

„Wenn sie mir eine Telefonnummer geben, kann ich jemand anrufen, damit man ihnen etwas vorbeibringt."

Ich überlegte, wenn sie anrufen könnte, es vielen mir sofort zwei Menschen ein, die das für mich getan hätten, aber keiner hatte einen Schlüssel zu meiner Wohnung.

„Haben sie niemand?", fragte sie mich erstaunt, als ich nicht sofort antwortete.

„Doch schon, aber niemand hat einen Schlüssel zu meiner Wohnung."

Sie schaute noch einmal in den Schrank.

„Also, ein Schlüssel ist da", sie zeigte ihn mir. "Ist das ihr Wohnungsschlüssel?"

Ja, er war es. Meine Eltern könnte ich anrufen, ich besuchte sie nicht sehr oft, aber wir hatten ein gutes Verhältnis. Aber so, wie ich jetzt aussah, würden die sich nur unnötig Sorgen machen. Ich gab ihr die Telefonnummer von Tobias.

Die beiden Krankenschwestern ließen mich wieder allein. Die Kanüle steckte noch in meinem Arm, aber an den Tropf hatten sie mich nicht wieder angeschlossen. Durstig war ich.

Nach einigen Minuten kam die Krankenschwestern wieder ins Zimmer.

„Ich habe ihn leider nicht erreicht, aber ich versuche es später noch einmal."

„Wie viel Uhr ist es eigentlich?"

„16.27 Uhr, das Abendessen kommt gleich."

„Ich habe schrecklichen Durst."

„Halten sie es noch ein paar Minuten aus?"

„Ja, das schaffe ich schon. - Haben wir heute Mittwoch.?"

„Nein, heute ist Donnerstag. Also bis gleich." Sie verschwand wieder.

Ich fragte mich wieder, ob ich angeschossen wurde und tastete mich vorsichtig ab, aber nirgendwo war ein Verband am Körper und in den Kopf hatte er mich wohl nicht geschossen, das hätte schlimmere Folgen gehabt. Ich konnte mir nicht zusammenreimen, was letztendlich passiert war, vielleicht wusste der Kommissar eine Erklärung. Er wollte noch einmal vorbeikommen, wenn es mir besser ging, wie ich mich vage erinnerte.

Die Schwester brachte mir zwar auch weiches Weißbrot und Wurst zum Abendessen, aber das Kauen ließ ich nach dem ersten Bissen sein, dass ganze Gesicht tat mir dabei weh. Eine Suppe und Quark brachte ich hinunter, da musste ich nur schlucken und das ging einigermaßen. Hunger verspürte ich sowieso keinen, nur Durst hatte ich.

„Ich versuche noch einmal ihren Freund zu erreichen. Haben sie sonst noch einen Wunsch? Ich habe dann nämlich Dienstschluss, bin erst morgen früh wieder dran."

„Könnten sie mir noch einmal etwas zu trinken bringen?"

„Ja, mache ich. Tee oder Wasser? Ach übrigens, ich bin Schwester Gabi."

„Gabi, bringen sie mir doch bitte ein Wasser, Bier wäre mir zwar lieber, aber das geht wohl nicht", sagte ich scherzhaft.

„Nein, das wird der Arzt noch nicht erlauben."

„Auch keine Zigarette?"

„Auch keine Zigarette!"

Sie ging dann und nahm das Tablett mit.

„Ihr Freund kommt nachher vorbei", sagte sie mir, als sie den Sprudel brachte.

Tobias fing zu lachen an, als er das Zimmer betrat.

„Wie siehst du denn aus? Bist du die Treppe hinuntergefallen? Oder was ist?"

„Hör bloß auf, mir ist nicht zum Lachen, mir geht es nicht besonders."

„Was ist eigentlich los mit dir? Du hast dich in der letzten Tagen sehr rar gemacht und mit Anja ist es auch aus, habe ich gehört."

„Ja, das ist eine lange Geschichte. Das kann ich dir jetzt nicht alles erzählen, nur soviel, ich bin da in eine ziemlich blöde Sache verwickelt."

„Hat das immer noch mit der Toten zu tun?"

„Ja."

„Und? Ist die Frau jetzt wieder aufgetaucht, nach der die Polizei gesucht hat?"

„Ja, deshalb ist doch der ganze Ärger mit Anja und deshalb bin ich auch hier."

„Das verstehe ich nicht."

„Die Frau war bei mir."

„Die ganze Zeit?"

„Nein, aber die letzten eineinhalb Wochen."

„Hast du mit Anja Schluss gemacht?"

„Nein, es war Anja, die mit mir Schluss gemacht hat. Völlig idiotisch, sie hat da etwas vermutet, das überhaupt nicht war."

Ich fühlte mich schon wieder müde und vom Reden wurden meine Schmerzen nicht besser.

„Bitte, ich erzähl dir alles, wenn ich wieder fit bin. Könntest du mir einen Gefallen tun?"

„Na, klar! Was denn?"

„Hier ist mein Hausschlüssel. Könntest du mir einen Koffer packen mit Dingen, die man hier im Krankenhaus so braucht?"

„Hast du nichts dabei?", fragte er erstaunt.

„Nein, nur blutige Klamotten, die ich anhatte, als man mich zusammengeschlagen hat."

„Zusammengeschlagen haben sie dich?", ungläubig blickte er mich an.

„Ja, sieht man das nicht?"

„Doch, dass sieht schon danach aus. Also, was braucht man so im Krankenhaus?"

„Ich weiß auch nicht genau, Schlafanzug, Morgenmantel, Waschzeug und frische Klamotten, wenn ich entlassen werde."

„Ok, ich komme nachher noch einmal und bringe dir alles."

Ich fühlte mich sofort besser, als ich meinem Schlafanzug anhatte. Tobias bat ich, dass er nirgendwo herumerzählen sollte, dass ich hier lag, ich wollte keinen Besuch, nicht in meinem Zustand.

Trotzdem ich fast drei Tage ununterbrochen geschlafen hatte, schlief ich recht schnell ein, nachdem Tobias gegangen war.

Ich hatte in dem Schrank auch meine Uhr gefunden, so war ich wenigstens, was die Zeit betraf, wieder auf dem Laufenden. Auch mein Geldbeutel war da.

23

Ich erwachte am nächsten Morgen noch bevor die Nachtschwester zum Wecken kam. Fühlte mich wesentlich besser, als am Abend zuvor.

Auch das Kauen ging schmerzloser, so dass ich beim Frühstück eine Schnitte weißes Brot mit Marmelade hinunter brachte und ein Ei.

Am Vormittag kam Bunger vorbei.

„Wie geht es ihnen?"

„Ach, schon besser, ich hoffe, dass ich bald nach Hause gehen kann."

„War der Arzt heute schon bei ihnen?"

„Nein, ich habe noch keinen gesehen."

Mich interessierte, was mit Susie war. Ich konnte mir immer noch nicht erklären, wie sie es geschafft hatte, dass ihr nichts passiert ist.

„Wo ist Susie?"

„Ich sagte ihnen schon, in Sicherheit."

„Aber, wie hat sie das geschafft? Mit mir gingen die nicht gerade zärtlich um."

„Sie hat einfach Glück gehabt."

„Hatte sie sich versteckt? Oder kam jemand dazu, wie ich zusammengeschlagen wurde?"

„Ich erzähle es ihnen sofort. Können sie mir bitte zuerst in allen Einzelheiten sagen, was mit ihnen passiert ist?"

„Das ist schnell erzählt. Ich kam von der Arbeit, hatte danach noch eingekauft und als ich die Haustüre aufgeschlossen habe, fühlte ich einen Gegenstand im Rücken. Ein Mann befahl mir mich nicht umzudrehen, er hätte einen Revolver. Er wollte wissen wo Susie ist. Ich sagte ihm, dass ich das nicht wüsste. Er befahl mir, in meine Wohnung zu gehen. Er war immer hinter mir. Ich spürte immer den Revolver im Rücken. Und in meiner Wohnung bekam ich einen Schlag auf den Kopf, von da ab weiß ich nichts mehr."

„Haben sie irgend jemanden beobachtet, als sie ihr Auto parkten?"

„Nein, niemanden. Ich habe auch nicht darauf geachtet."

„Und? War es nur ein Mann?"

„Ja."

„Der hat ihnen nicht nur einmal auf den Kopf geschlagen. So wie sie aussahen, schätze ich, hat er sie noch mit ein paar Fußtritten bearbeitet. Susie hat sie gefunden und uns benachrichtigt."

„Was?"

Jetzt verstand ich überhaupt nichts mehr.

„Ja. Sie hatte ihnen doch gesagt, was sie alles einkaufen sollten."

„Ja."

„Und ihr fiel ein, dass sie ein paar Sachen vergessen hatte. Und sie war nach ihrem samstäglichen Ausflug mutig und ging einkaufen. Sie war überhaupt nicht in der Wohnung, als diese Schläger kamen."

„Ich wollte sie warnen und fand absichtlich das Schlüsselloch nicht auf Anhieb, ich hoffte, dass sie sich verstecken würde."

„Nein, sie war überhaupt nicht da. Und sie hat weiter Glück gehabt, dass die nicht vor dem Haus auf sie gewartet haben. Aber bestimmt war das denen zu gefährlich, die konnten ja nicht ahnen, wie lange sie außer Gefecht sein würden. Ja, Susie hat uns angerufen. Sie haben Glück gehabt, sie haben nämlich ziemlich stark geblutet."

„Und? Wo ist Susie jetzt?"

„Bei einem Kollegen von mir, der mit dem Fall bisher nichts tun hatte und auch nicht in Leonberg arbeitet. Zu ihm können sie keinen Zusammenhang herstellen."

„Sind sie eigentlich schon weitergekommen mit dem Fall?"

„Wir haben ein paar brauchbare Hinweise, aber immer noch keine konkrete Spur. Der Überfall auf sie bestätigt unsere Ansicht, dass sich die Kerle nach wie vor hier in der Gegend aufhalten."

„Wann kann ich Susie wieder sehen?"

„Das weiß ich im Moment nicht. Ich denke bald. Soll ich ihr etwas ausrichten lassen?"

„Sagen sie ihr, dass es mir gut geht und ...", ich zögerte etwas, ging es Bunger etwas an? Aber was sollte ich ihr überhaupt ausrichten lassen. „Sagen sie ihr einfach, dass es mir gut geht."

„Ist da etwas was ich wissen sollte? Ist Schluss mit ihrer Freundin?"

„Nein. Ja. Ich weiß nicht, wie ich den Zustand beschreiben soll", sagte ich etwas verworren.

„Also das müssen sie mir näher erklären, wenn sie wollen. Falls sie länger hier bleiben müssen, besuche ich sie noch einmal", verabschiedete er sich.

Länger hier bleiben wollte ich nicht. Ich fragte den Arzt bei der Visite, wann ich nach Hause könnte, aber er wich meiner Frage aus. Wer das Einzelzimmer bezahlte, wollte ich von ihm noch wissen, ich war nur Kassenpatient. Das sei eine Anweisung der Polizei, antwortete er mir.

Als er weg war, ging ich extra vor das Zimmer, aber da stand kein Polizist mehr. Man musste mich also nicht verstecken wie Susie oder vielleicht doch? Warum hatte mir der Arzt nicht wenigstens eine Andeutungen gemacht, wann ich wieder nach Hause könnte. Und vielleicht war doch ein Polizist da, in Zivil, in Uniform wäre er zu auffällig gewesen.

Ich verwarf diesen Gedanken wieder. Wenn die Mörder oder sonst wer, es auf mich abgesehen hätten, dann hätte der Mann mich bestimmt sofort umgebracht. Die brauchten mich eher lebendig, ich war ein Bindeglied zu Susie, eine Möglichkeit an sie heranzukommen.

Das Mittagessen brachte Schwester Gabi. Das Frühstück hatte eine andere Schwester gebracht. Gabi war nett, nicht ausgesprochen hübsch, aber, wie mir schien, ein fröhlicher Mensch. Beim Essen austeilen hatte sie keine Zeit für einen kleinen Plausch, aber als sie die Reste abholte, blieb sie eine Weile. Das Essen war auf meinen lädierten Kiefer abgestimmt, Suppe, Kartoffelbrei und so eine Soße Art Bolognese und ganz weich gekochter Blumenkohl, zum Nachtisch Pudding.

Ich fühlte mich ziemlich fit. Etwas Kopfschmerzen und einige Stellen am Körper schmerzten noch, aber keine Müdigkeit, wie noch am Tag zuvor.

Ich genehmigte mir einen Mittagsschlaf, wann konnte ich mir das sonst erlauben.

24

Schwester Gabi weckte mich: „Schauen sie, sie haben Besuch."

Ich brauchte etwas Zeit, bis ich ganz wach war und staunte nicht schlecht, als ich sah, wer da an der Türe stand.

„Darf ich hereinkommen?", fragte Anja freundlich.

Mit ihr hätte ich nun wirklich nicht gerechnet. Ich wusste überhaupt nicht, was ich sagen sollte.

„Wenn du mich nicht sehen willst, gehe ich wieder", sagte sie mit ernsten Gesicht.

„Nein, bleib nur", ich klang nicht gerade freundlich. Zu sehr hatte ich mich über sie geärgert.

Vor ein paar Tagen noch, wollte sie nicht mehr mit mir reden, wollte nichts mehr von mir wissen, also, was sollte ihr Besuch jetzt bei mir.

„Was willst du?", fragte ich schroff.

„Am besten ist es wohl, wenn ich wieder gehe", antwortete sie fast beleidigt.

Wenn ich sie so betrachtete, wollte ich eigentlich nicht, dass sie ging.

„Nein, bleib bitte", antwortete ich ihr freundlicher.

Sie blieb mitten im Raum stehen. Und ich lag im Bett, auf einen Ellenbogen gestützt und wusste nicht, wie ich das Gespräch anfangen sollte.

„Also?", begann ich dann fragend und versuchte zu lächeln. Aber es gelang mir mit meinem lädierten Kiefer und meinem immer noch verschwollen Gesicht nicht.

„Tobias hat mir gesagt, dass du hier liegst und dass man dich schlimm zusammengeschlagen hat. Und da dachte ich, ich sehe einmal nach dir, schaue, wie es dir geht."

„Ich dachte, du wolltest nichts mehr mit mir zu tun haben?"

„Darüber wollte ich mit dir noch einmal reden."

Sie stand immer noch mitten im Zimmer und ich hatte meine Position auch nicht verändert.

Die ganze Zeit schon verspürte ich Lust auf eine Zigarette, auch ein Bier hätte ich gerne wieder einmal getrunken.

„Gut, sprechen wir darüber, aber nicht hier. Gehen wir ins Patienten-Cafe."

„Ja, gern."

Ich wusste nicht, ob der Arzt das duldete, aber verboten hatte er es auch nicht. Ich zog meinem Bademantel über und wir gingen ins Patienten-Cafe. Ich bestellte mir ein Pils, sie wollte nur einen Kuchen.

„Hast du Zigaretten dabei?"

„Ja."

Sie bot mir eine an. Wir mussten nach draußen gehen. Im Cafe war Rauchverbot. Ich genoss die ersten Züge und merkte dann, wie es mir schwindelig wurde. Ich drückte die Zigarette wieder aus und wir gingen wieder nach innen. Ich musste mich setzen. Als das Bestellte serviert war, begann sie das Gespräch.

„Ich habe mir alles noch einmal durch den Kopf gehen lassen, ich glaube, ich habe dir unrecht getan."

„Warum hast du dich denn so blöd benommen, stur und bockig, wie ein kleines Kind? Du hättest mich doch wenigstens anhören können."

„Ich war so enttäuscht und verärgert. Auf Wolke sieben schwebte ich und dann die nackte Frau in deinem Wohnzimmer."

„Sie war nicht nackt."

„Aber viel hatte sie nicht an. Du hast mir gesagt, dass du sie nur an dem einen Tag gesehen hättest und dann nie wieder. Und dann stand diese - fast ohne alles - bei dir im Wohnzimmer. Hättest du nicht genauso reagiert, wenn es umgekehrt gewesen wäre?"

„Ich weiß es nicht. Im ersten Moment vielleicht schon, bestimmt. Aber ich hätte dir eine Chance gegeben, wenigstens alles zu erklären."

„Das war bestimmt falsch von mir. Aber versteh doch. Ich bin schon seit einiger Zeit in dich verliebt. Ich hatte mir immer vorgestellt, wie das mit dir sein würde und die Wirklichkeit, war dann noch viel schöner. Und dann der Moment. Da fiel alles zusammen, die ganzen schönen Träume. Du warst nicht mein erster Freund, aber du warst so, wie ich mir das vorgestellt hatte, wenn ich einmal den Mann fürs Leben treffen sollte. Und als ich die Frau sah, da kamen die ganzen Erinnerungen über Enttäuschungen mit Männern wieder in mir hoch. Verstehst du das nicht?"

„Ich weiß nicht, was du für Enttäuschungen mitgemacht hast, darüber hatten wir ja nie geredet. Aber anhören hättest du mich wirklich können, ich habe es schließlich mehr als einmal versucht."

Ich bestellte noch ein Bier, eine Zigarette traute ich mich nicht noch einmal zu rauchen. Sie hatte noch keinen Bissen von ihrem Kuchen gegessen.

„Habe ich noch eine Chance bei dir?", fragte sie mich nach einigen nachdenklichen Momenten. Ich konnte und wollte ihr nicht gleich antworten. Letzten Freitag wollte ich sie und sonst niemand. Aber dann am Wochenende ja auch, sonst wäre mit

Susie mehr als kuscheln gewesen. Natürlich wollte ich Anja noch eine Chance geben. Aber ich wollte sie erst etwas zappeln lassen.

„Ich will dir die Frage nicht gleich beantworten. Dein Verhalten habe ich nicht verstanden. Du hättest mich anhören müssen. Es war aus meiner Sicht völlig überzogen."

„Hast du mit der Frau etwas gehabt, im Bett meine ich?"

„Nein, nie!", antwortete ich und das war die Wahrheit. "Aber das ist nicht der Punkt. Auch ich habe gewisse Vorstellungen von dir. Und so wie du reagiert hast, das entspricht absolut nicht meinen Vorstellungen einer Partnerschaft. Auch ich habe Vorstellungen, wie die Frau sein sollte, mir der ich mein Leben verbringen will. Sicher, ich habe Fehler gemacht, ich hätte dir gleich sagen sollen, dass Susie bei mir in der Wohnung ist. Aber ich glaubte, das sei nur übers Wochenende, ich wollte dich nicht mit der Sache belasten."

„Mit welcher Sache?"

„Die ganze Geschichte mit Susie. Sie hatte nun absolut nichts mit uns beiden zu tun."

„Aber, wenn wir doch zusammen sind, ein Paar sind, dann muss man doch dem anderen auch bei Problemen helfen, das gehört doch dazu. Warum hast du mich nicht sofort eingeweiht, hattest du kein Vertrauen zu mir?"

„Ich weiß auch nicht, warum ich es nicht getan habe. Die ganze Geschichte hat sich in eine Richtung entwickelt, die ich mir so nicht vorstellen konnte. Aber das hatte nichts mit dir zu tun, ganz bestimmt nicht."

„Kannst du mir wenigstens jetzt die ganze Geschichte erzählen?"
Ich bestellte mir noch ein drittes Bier.

„Hast du morgen Zeit?"

„Ja, ich nehme mir Zeit."

„Gut, dann erzähle ich dir alles morgen."

„Aber warum nicht jetzt?"

„Du hast mich heute besucht, stellst mich vor eine Entscheidung, die ich jetzt nicht treffen will. Ich muss mir erst Gedanken darüber machen. Kannst du das verstehen?"

„Ja. Ich habe mich wirklich blöde benommen. Und ich möchte dich deshalb um Verzeihung bitten."

Ich hatte einmal irgendwo gelesen, dass Liebe ist, nicht um Verzeihung bitten zu müssen. Aber das passte hier wohl nicht.

„Willst du mich überhaupt noch?", fragte ich sie dann.

„Wäre ich sonst gekommen?"

„Können wir das Thema für heute beenden?"

„Wenn du willst."

„Ja."

Wir sprachen noch über belanglose Dinge, nicht mehr über uns Zwei. Als ich mein Bier leer getrunken hatte, begleitete sie mich auf mein Zimmer. Sie wollte mir zum Abschied einen Zungenkuss geben, aber selbst, wenn ich es gewollt hätte, es ging nicht mit meinen Verletzungen.

Sie schaute mich fragend an: „Hast du etwas?"

„Ja, sieht man das nicht?" ich zeigte auf meinen geschwollenes Gesicht.

„Ach, entschuldige, ich wollte dir nicht weh tun. Also bis morgen."

Sie gab mir noch einen Kuss auf den Mund und ging. An der Tür drehte sie sich noch einmal um und lächelte mir zu.

Mir war überhaupt nicht gut. Ich fühlte mich betrunken und meine

Kopfschmerzen waren auch starker geworden.

„In ihrem Zustand sollten sie kein Bier trinken und keine Zigaretten rauchen", belehrte mich Schwester Gabi, als sie das Abendessen brachte.

„Woher wissen sie?"

„Ich rieche das. Ist ihnen nicht gut? Sie sehen so blass aus."

„Mir ist es schon besser ergangen."

Ich schlief bald nach dem Abendessen ein ohne mich intensiv mit Anja beschäftigt zu haben, ich konnte meine Gedanken nicht richtig ordnen.

Die Nachtschwester weckte mich am nächsten Morgen. Ich fühlte mich wieder besser. Die Schmerzen waren weniger, eigentlich hätte ich nach Hause gehen können. Der Arzt war bei der Visite jedoch anderer Meinung, übers Wochenende müsste ich schon noch im Krankenhaus bleiben. Am Wochenende war Weißbierfest in Rutesheim, da zog es mich eigentlich hin, da war immer gute Stimmung.

Anja wollte am Nachmittag kommen, bis dahin musste ich eine Entscheidung getroffen haben. War ich eigentlich blöde? Natürlich wollte ich mit Anja wieder zusammen sein, was musste ich da überlegen? Anja hatte die Auswahl und hat mich gewollt. Susie hatte keine andere Wahl, als mich. Deshalb ist es am letzten Wochenende dann ja doch nichts mit uns geworden. Susie hat mich gebraucht, wenn alles vorüber war, wenn sie sich wieder frei bewegen konnte, wenn sie das alles mit ihrer Schwester verkraftet hatte, brauchte sie mich dann auch noch? Wenn Anja nicht gewesen wäre, dann würde das für mich keine Rolle spielen. Freundschaften hatte ich schon einige, die dann wieder auseinander gegangen waren. Wenn da bloß nicht die Sturheit von Anja gewesen wäre, sie schreckte mich ab. Konnte ich mit so jemandem auskommen? Gab das nicht immer wieder Probleme?

Der Kommissar schaute am Vormittag kurz vorbei.

„Wie geht es ihnen?"

„Ja, schon besser."

„Und? Wann können sie nach Hause, was sagt der Arzt?"

Also, wurde ich nicht auf Veranlassung der Polizei länger hier festgehalten.

„Übers Wochenende soll ich noch bleiben, aber am Montag oder Dienstag denke ich. - Warum haben sie eigentlich veranlasst, dass ich in einem Einzelzimmer liege?"

„Damit sie ihre Ruhe haben. Als kleine Entschädigung, ich fühle mich nämlich schuldig dafür, dass sie hier liegen."

„Aber ich habe doch entschieden, dass Susie bei mir bleiben kann."

„Ja, aber nur, weil ich sie gebeten habe. Ich habe schon bemerkt, dass ihnen das nicht recht war. - Aber nicht deshalb eigentlich, sondern nach der Beerdigung hätte ich unbedingt ihr Haus, ihre Wohnung beobachten lassen müssen. Das war ein Fehler von mir."

Wir schwiegen eine Weile. Bunger redete dann weiter: „Übrigens einen der Typen, den, der Frau Merder zu der Wohnung gefahren hat, den haben wir identifiziert, die Fahndung läuft auf Hochtouren. Ich glaube, dass wir den Fall bald abschließen können."

Ich hätte gerne mehr gewusst, aber er hätte mich wie bisher immer auf später vertröstet, also fragte ich erst überhaupt nicht.

„Wann kann ich Susie wieder sehen?", fragte ich ihn dann.

„Ich hoffe bald. Lieben sie Frau Merder, ist es aus mit ihrer Freundin?"

„Nein."

Was ging ihn das eigentlich an.

„Was nein?"

„Wollen sie die ganze Geschichte hören."

„Wenn sie es mir erzählen wollen, ja."

Sollte ich? Ich erzählte ihm in groben Zügen, was so geschehen war.

„Dann liebt Anja sie. Sie ist ein nettes Mädchen. Warum haben sie nicht mit mir darüber gesprochen? Ich hätte doch mit Anja reden können, mir hätte sie bestimmt zugehört."

„Ja, die Polizei dein Freund und Helfer."

„Die Susie ist nichts für sie. Überlegen sie doch einmal, wie sie Frau Merder kennen gelernt haben, noch Stunden zuvor ist sie für einen anderen von Trier hierher gefahren und dann?"

So hatte ich die Sache noch nicht betrachtet.

„Was haben sie gegen Susie?"

„Nichts, absolut nichts. Ich finde sie hübsch, nett, begehrenswert, aber überlegen sie, wie lange geht das gut? Ich glaube sie ist noch viel zu jung, nicht reif für eine Partnerschaft. Eigentlich geht mich das Ganze nichts an. Vergessen sie, was ich ihnen gesagt habe, es war nur so eine Idee. Sie können Susie sehen, sobald sie aus dem Krankenhaus heraus sind, ich bringe sie hin."

Er verabschiedete sich und versprach wiederzukommen.

Dieser verdammte Kommissar, was ging ihn eigentlich mein Liebesleben an? Je mehr ich anfing mich darüber aufzuregen, desto klarer wurde mir, dass ich eigentlich niemand hatte, außer ihm, der beide kannte. Den Rat eines Anderen konnte man in

Liebesdingen eigentlich nicht gebrauchen. Denn nur man selbst musste sich letztendlich für oder gegen jemand entscheiden, weil eben mehr, als das Äußere, ausschlaggebend für eine Liebe ist. Aber Liebe macht blind, heißt auch ein Sprichwort, bestimmt nicht umsonst. Da konnte eine Beurteilung über einen Menschen von jemand Außenstehendem ganz hilfreich sein. Und hatte ich nicht selbst so ähnliche Gedanken?

Warum konzentrierte ich mich eigentlich immer auf Susie oder Anja, womöglich war keine von beiden die Frau, die ich suchte, wieder nur Zwischenspiele.

Nach dem Mittagessen schlief ich. Diesmal weckte mich Anja. Sie gab mir einen Kuss. Ich hätte es versuchen können, wahrscheinlich wäre der Schmerz nur sehr gering gewesen, gab ihr dann doch keinen Zungenkuss.

Wir gingen wieder ins Patienten-Cafe, nach den negativen Erfahrungen des Vortrages bestellte ich kein Bier, sondern einen Orangensaft, rauchen durfte man ja sowieso nicht.

Sie fragte mich nicht. Was sie mir wesentlich sympathischer machte, war, dass wir uns über zwei Stunden unterhielten, einfach so, nicht über Susie, nicht über unsere Beziehung.

Als wir zu mir ins Zimmer zurückgingen hatte ich ein starkes Bedürfnis, sie in den Arm zu nehmen. Es war schließlich fast zwei Wochen her, dass ich die Wärme dieser Frau nicht mehr gespürt hatte. Ich nahm sie in den Arm, merkte aber, dass ich immer noch sehr vorsichtig sein musste. Sehr vorsichtig setzte sie sich neben mich.

„Was machst du heute Abend?", fragte ich sie, nachdem die Schwester das Abendessen gebracht hatte.

„Ich gehe aufs Weißbierfest.“

„Das ist gemein und ich muss hier liegen und bin eigentlich schon ganz fit.“

„Ja ganz fit“, lachte sie mich an.

„Kommst du dann wenigstens Morgen wieder?“

„Nein.“

Gerade hatten wir doch wieder Versöhnung gefeiert, ich schaute sie entsetzt an.

Sie lächelte mich an: „Ich würde so gerne kommen, aber sonntags bekomme ich nicht frei, das weißt du doch.“

Ja natürlich, war ich blöde.

Sie hatte mit der Schwester geredet, die hatte nichts dagegen, dass sie an dem Abend noch einmal zu mir kam. Sie brachte mir auch ein Weißbier mit.

25

Ich war froh, dass Tobias mich Sonntag früh besuchte. So hatte ich wenigstens etwas Abwechslung. Mittags saß ich dann recht einsam wieder im Café, hoffte, dass ich montags entlassen würde. Meine Beschwerden waren weitestgehend abgeklungen und ich sah nicht ein, warum ich weiter im Krankenhaus bleiben sollte und mich langweilte. Und mir entging auch FrischAuf Göppingen, deren Handballmannschaft an diesem Sonntag zur Stadteinweihung ein Gastspiel in Rutesheim gaben.

Als ich auf mein Zimmer zurück ging, sprach mich eine Krankenschwester an.

„Hat sie ihr Freund gefunden?"

„Welcher Freund?"

Sie beschrieb mir dem Mann, aber ich konnte mir unter der Beschreibung niemand vorstellen, den ich kannte.

„Was wollte der?"

„Er hat mich gefragt, wo sie sind. Ich wusste nicht wo sie waren und dann hat er mich noch gefragt, wann sie entlassen würden, damit er sie Zuhause besuchen könne, falls er sie nicht finde. Mehr hat er nicht gesagt."

„Und? Wann werde ich entlassen?"

„Morgen, denke ich."

Ich überlegte noch eine Weile, wer das gewesen sein könnte, aber mir fiel niemand ein. Ich machte mir auch weiter keine Gedanken.

Montag früh bejahte der Arzt dann tatsächlich meine Frage, ob ich nach Hause gehen könne. Ich packte erfreut meine wenigen Sachen zusammen, verabschiedete mich von Schwester Gabi, die an diesem Morgen, nach einem freien Wochenende, wieder Dienst hatte. Sie fragte mich, ob sie mir ein Taxi rufen solle, mein Auto war ja nicht in der Klinik und auch sonst wusste niemand, dass ich entlassen wurde. Anja hätte mich sicher abgeholt.

Ich wollte trotzdem kein Taxi, denn mir fiel plötzlich der Mann ein, der tags zuvor nach mir gefragt hatte. Ich ging zu einer Telefonzelle und rief Kommissar Bunger an. Mir waren nämlich Bedenken gekommen, ob der Mann, der mich niedergeschlagen hatte, womöglich auf mich warten würde und mich eventuell doch beseitigen wollte. Bunger sagte mir, ich solle warten, er würde vorbeikommen und mich abholen.

Es dauerte über eine Stunde, bis er endlich kam. Er entschuldigte sich, es sei etwas dazwischen gekommen. Er fragte noch einmal nach dem Mann. Ich erzählte ihm, wie ihn mir die Krankenschwester beschrieben hatte. Er wollte diese Krankenschwester auch sprechen, aber sie hatte an diesem Morgen keinen Dienst.

„Wollen sie Frau Merder sehen?"

„Ja, schon."

„Jetzt gleich?"

„Wenn das geht."

„Ja, das geht schon, ich bringe sie hin. Sind sie wieder ganz ok?"

„Na ja, noch nicht ganz, aber es geht schon."

Bunger trug mir sogar mein Gepäck zu seinem Auto. Ich merkte nicht gleich, was der Kommissar vorhatte, erst als durch den Sprechfunk eine Durchsage kam, dass uns ein Wagen folgen würde, erwachte meine Neugier.

„Was für ein Wagen folgt uns?"

„Ich glaube, ich bin ihnen eine Erklärung schuldig."

Ich schaute fragend zu Bunger hin.

„Ja, ich benutze sie als Köder.“

„Als Köder?“

„Ich weiß, ich hätte sie vorher fragen sollen. Aber ich muss in dem Scheißfall endlich weiterkommen und das ist eine Gelegenheit.“

„Was meinen sie?“

Ich verstand immer noch nicht.

„Nun, die Beschreibung, die sie mir am Telefon durchgegeben haben, passt auf einen der Männer, die auch ihre Susie beschrieben hat. Deshalb bin ich auch so lange nicht gekommen, ich musste alles erst vorbereiten.“

„Und was passiert jetzt?“

So langsam begriff ich, was los war.

„Das weiß ich noch nicht genau, ich hoffe, dass etwas passiert. - Wir fahren nicht zu Frau Merder, aber sie sehen sie heute noch, dass verspreche ich ihnen.“

Schon zum zweiten Mal benutzte mich der Kommissar als Köder, die Nachwirkungen vom ersten Mal waren noch nicht einmal abgeklungen. Ich konnte das ganze nicht fassen, nicht begreifen. Da war ich also schuldlos in eine Geschichte hineingeschlittert. Und mein sonst eher geruhsames Leben, wurde ziemlich durcheinander gewirbelt. Es passierten innerhalb weniger Wochen mehr aufregende und vor allem gefährliche Dinge, die ich im letzten Jahr, was die Gefahr betraf, wahrscheinlich in meinem ganzen Leben, noch nicht erlebt hatte. Ich fuhr hier mit einem Kommissar in einem Auto und wir warteten darauf, dass unsere Verfolger, womöglich auf uns schossen. Bei dem Gedanken wurde mir fast übel. Am liebsten wäre ich ausgestiegen.

„Finden sie das alles eigentlich lustig?"

„Herr Merl, beruhigen sie sich wieder, ihnen passiert nichts."

Ich war jetzt richtig wütend und fühlte auch meine Schmerzen wieder, die ich in den letzten Tagen hatte.

„Hören sie, ich habe nicht die geringste Lust hier eine Zielscheibe abzugeben, fahren sie mich jetzt nach Hause, ich habe genug von der ganzen Sache. Ich möchte nur noch meine Ruhe."

„Ich dachte sie wollten Susie sehen?"

„Darauf lege ich im Moment nun wirklich keinen Wert mehr."

Diese Susie war schuld an der ganzen Scheiße. Er blickte kurz zu mir herüber und lächelte.

„Doch nicht die große Liebe?"

Ich war wohl in Panik verfallen, diese letzten Worte brachten bei mir den klaren Verstand zurück.

„Meine Liebschaften gehen sie überhaupt nichts an."

„Das ist richtig. Aber ich kann sie jetzt nicht nach Hause fahren."

„Was haben sie eigentlich vor?"

„Wir wollen den Mann festnehmen."

„Warum tun sie es dann nicht?"

„Warum eigentlich nicht, wir halten ihn einfach an, sagen ihm, dass er festgenommenen ist, dann hat die Sache sich."

Ich spürte die Ironie in seiner Stimme. Er hatte ja recht, ich verstand von Polizeiarbeit nichts. Und aus Krimis, die ich im Fernsehen gesehen hatte, wusste ich, dass die Gangster immer versuchten zu entkommen.

„Gut, ich erkläre ihnen, was wir Vorhaben", begann er wieder. "Wir haben uns eine Stelle ausgesucht, von wo aus es für ihn ziemlich schwierig sein dürfte zu entkommen. Und dort werden wir ihn stellen. Wenn ich es ihnen sage, dann gehen sie da runter in Deckung", er zeigte unter den Sitz, „dann wird ihnen nichts passieren. Haben sie noch Fragen?"

Ich hatte schon, aber jetzt war es wohl besser, wenn ich ihn in Ruhe ließ, damit er sich auf seine Aufgabe konzentrieren konnte.

Bunger nahm das Mikro und fragte: „Seid ihr bereit?"

Dreimal antwortete jemand mit ja.

„Also gut, dann werde ich jetzt langsamer."

Er nahm den Fuß vom Gas. Ich blickte durch das Rückfenster und sah einen Wagen näherkommen. Plötzlich wurde der auch langsamer.

„Du bist zu langsam!", ertönte eine Stimme. Bunger gab wieder etwas Gas. Ich schaute weiter durchs Rückfenster. Der Kommissar blickte auch durch den Rückspiegel.

„Verdammt noch einmal, ihr Idioten!", rief er plötzlich ins Mikrofon. „Ihr solltet doch nicht auf ihn auffahren!"

Ich sah, wie ein zweiter Wagen sichtbar wurde. Der Wagen, der uns folgte, gab plötzlich Gas.

„Verdammt, er hat die Falle erkannt!", brüllte Bunger ins Mikrofon. "Jo, macht die Straße dicht!"

Der Kommissar fuhr wieder langsamer. Der Wagen hinter uns beschleunigte schnell und überholte uns. Das zweite Auto, wohl mit den Polizisten, war jetzt dicht dahinter. Als beide uns passierten, gab Bunger wieder Gas.

„Jo, pass auf, er kommt!", rief er ins Mikrofon.

Die Straße führte bisher durch Felder und war ziemlich gerade. Vor uns war ein kleines Wäldchen. Wenige hundert Meter im Wäldchen machte die Straße eine Biegung und man konnte die Straße nicht weiter einsehen. Kurz vor der Biegung bremste Bunger den Wagen abrupt ab. Als wir um die Kurve fuhren, sahen wir, wie der Flüchtende versuchte, den zwei Streifenwagen, welche die Straße blockierten, auszuweichen. Er war wohl zu schnell und verlor die Gewalt über sein Auto. Es fuhr mitten in den Wald und streifte zunächst ein paar Bäume und wurde dann von einem Baum gebremst, auf den es fast noch in voller Fahrt auffuhr. Das Auto wurde ziemlich demoliert.

Bunger sprang aus dem Wagen und brüllte die Zwei, die uns im Auto gefolgt waren, an: „Ihr verdammten Stümper, wir hatten doch alles abgesprochen, ihr solltet doch nicht auffahren.“

Keiner von beiden antwortete.

„Steht nicht so blöd herum, sondern ruft einen Krankenwagen!“, fuhr er sie weiter an. Dann rannte er zu dem verunglückten Auto. Er schaute in das Innere und versuchte die Wagentür zu öffnen, was ihm nicht gelang.

„Ruft auch die Feuerwehr, der Mann ist eingeklemmt, er lebt noch!“, schrie er den Anderen zu.

Ein weiterer Polizist war mittlerweile zu dem Unglücksauto geeilt. Bunger kam wieder zurück. Befahl zwei Polizisten, die Straße in beiden Richtungen abzusperren. Sie stiegen in die Polizeiautos und fuhren in entgegen gesetzter Richtung davon.

Bunger setzte sich zu mir ins Auto, fuhr sich mit beiden Händen durchs Gesicht, stützte sein Kinn mit den Händen und schaute mich an.

„Haben sie zufällig eine Zigarette?“

Ich bot ihm eine an und nahm selbst eine. Wir saßen eine ganze Weile wortlos da und rauchten.

„Zufrieden?“, unterbrach ich die Stille.

„Zufrieden? Nein! Den hat es ziemlich schwer erwischt, auch wenn es ein Verbrecher ist, ich mag es nicht, wenn es Tote gibt.

Wenn sie wollen, lass ich sie jetzt zu Frau Merder fahren."

Dazu war ich eigentlich nicht mehr in der Stimmung. Im Fernsehen hatte ich schon öfter solche Verfolgungsjagden gesehen, aber live dabei, das drückte auf meine Stimmung.

„Nein, jetzt nicht."

„Dann bleiben sie bitte hier im Wagen."

Der Notarztwagen traf als erster ein. Die Feuerwehr kam etwas später. Ich beobachtete, wie sie das Dach des Autos auftrennten, den Mann herausholten und auf eine Bahre legten. Ein Arzt hatte sich schon die ganze Zeit um den Mann gekümmert. Er gab ihm eine Spritze und schloss ihn an einen Tropf an. Sie brachten den Verletzten zu dem Krankenwagen. Bunger war die ganze Zeit dabeigestanden. Als der Krankenwagen losfuhr, redete er mit seinen Leuten und kam dann zu mir zum Auto zurück.

„Was machen wir jetzt?", fragte er mich.

„Gehen wir ein Bier trinken?"

Zu mehr war mir im Moment nicht zu Mute.

„Eigentlich hätte ich jetzt anderes zu tun, aber das ist wohl das Beste. Kennen sie ein Lokal hier in der Gegend?"

Ich wusste nicht so recht, wo wir waren. Es musste irgendwo bei Böblingen sein, da kannte ich mich nicht so aus.

„Nein, eigentlich nicht, besser wir fahren wieder nach Rutesheim."

Obwohl mir nicht nach Essen war, verspürte ich doch Hunger, ich hatte seit dem Frühstück nichts mehr zu mir genommen und jetzt war es schon nach 14 Uhr. Ich wäre gerne zu Anja zum Seebeck gegangen, aber bis wir dort gewesen wären, hätte der sicher schon Mittagspause gehabt. Wir aßen in einer Pizzeria in Renningen.

„Warum hat der Mann auf mich gewartet?", brachte ich das

Gespräch wieder auf den Fall, während wir auf das Essen warteten.

„Sie suchen immer noch nach Susie und hoffen über sie, diese zu finden. Ich werde einen Polizeiwagen vor ihrer Wohnung platzieren. Nicht, dass ihnen noch etwas geschieht."

„Ein Polizeiwagen? Wie sieht das denn aus?"

„In Zivil."

„Wo haben sie eigentlich Susie versteckt?"

„Ich sagte doch schon, bei einem Kollegen, dort ist sie sicher. Wollen sie Susie jetzt sehen?"

„Nein, vielleicht morgen."

Ich war müde, die ganzen Geschehnisse hatten mich mitgenommen und ich merkte jetzt, dass ich noch nicht so fit war. Dem Kommissar war es nicht unrecht, dass ich schnell nach Hause wollte, er hatte wegen dem Unfall, wie er mir sagte, noch einigen Schreibkram und andere Dinge zu erledigen.

26

Nachdem ich ein Bad genommen hatte, wollte ich eigentlich schlafen, aber dann klingelte das Telefon. Es war Anja.

„Gott sei Dank, dass du da bist, ich habe mir schon Sorgen gemacht. Schon einige Stunden versuche ich, dich zu erreichen, im Krankenhaus sagte man mir, dass du entlassen worden bist. Wo warst du denn?"

Anja, ich musste vor mich hinlächeln. Sie machte sich Sorgen um mich, anscheinend hatte sie mir ganz verziehen.

„Warum hast du nicht angerufen, ich hätte dich abgeholt. Hast du etwas?"

„Wieso?"

„Du sagst gar nichts."

„Du lässt mich ja nicht zu Wort kommen."

„Entschuldige. Jetzt sprich doch, wo warst du?"

„Das ist eine längere Geschichte."

„Ich frage den Wirt, ob ich sofort bei dir vorbeikommen kann."

„Nein ..."

„Nein? Aber warum nicht, was ist los?", fragte sie beleidigt. Sie ließ mich einfach nicht zu Wort kommen.

„Nichts ist los, ich habe einen schweren Tag hinter mir, ich bin furchtbar müde, ich muss ganz dringend schlafen."

„Nur ein Minute, ich muss dich unbedingt sehen."

„Also schön, aber wirklich nur eine Minute."

„Großes Ehrenwort."

Sie kam gleich anschließend. Ich erzählte ihr die Geschichte mit Bunger und vermied es Susie zu erwähnen. Wenn ich nicht so erschlagen gewesen wäre, hätte der Wirt noch einige Zeit auf seine Bedienung warten müssen, aber ich fühlte mich nicht fit genug.

Wir verabredeten uns auf den nächsten Morgen, sie wollte alles fürs Frühstück mitbringen, mein Kühlschrank war leer bzw. die Sachen waren verdorben.

Als sie gegangen war, klingelte erneut das Telefon, es war mein Chef. Er erkundigte sich, wie es mir ging und bedauerte was mit mir geschehen war. Ich glaube, er meinte es ehrlich und wollte nicht nur wissen, wann sein Arbeitnehmer wieder einsatzbereit war.

Es war schließlich fast 19 Uhr, bis ich endlich ins Bett kam.

Gegen 9 Uhr am nächsten Morgen weckte mich ein Klingeln an der Haustür, es war Anja.

Ja, ich liebte sie, sie wollte ich haben, dachte ich sofort, als ich sie jetzt wieder mit ihrem strahlenden Lächeln vor mir sah.

„Habe ich dich geweckt?"

„Ja."

„Das tut mir leid, willst du weiter schlafen?"

„Nein."

Ich wollte ihr einen Kuss geben, aber so ungewaschen, wie ich war, nahm ich sie nur in die Arme. Sie drückte mich ganz fest an sich.

„Ist alles wieder gut mit uns Zweien?", fragte sie mich ohne mich loszulassen

„Ja, ich liebe dich."

Jetzt küssten wir uns doch. Ohne weitere Worte kamen wir dann fast noch auf dem Flur zur Sache. Über eine Stunde später saßen wir erst beim Frühstück. Irgendwann kam Anja wieder auf meine Schwierigkeiten zu sprechen.

„Ist der Fall jetzt für dich ausgestanden?"

„Nein, noch nicht. Unten vor dem Haus steht ein Polizeiwagen in Zivil und beschützt mich", so hatte es Bunger wenigstens gesagt.

„Und die lange geht das noch?"

„Das weiß ich nicht."

„Was ist eigentlich aus dieser Frau geworden?"

Susie, ich wusste es ja selbst nicht.

„Sie wird auch von der Polizei beschützt, wo sie ist, weiß ich nicht."

„Du hast mir versprochen, die ganze Geschichte zu erzählen. Aber du musst nicht, wenn du nicht willst, ich liebe dich trotzdem."

Ich erzählte ihr also die ganze Geschichte, wenigstens fast die ganze Geschichte, dass Susie bei mir im Bett geschlafen hatte, passte nicht.

„Entschuldige", sagte sie, als ich ihr alles erzählt hatte. "Ich weiß, ich habe mich blöde benommen. Verzeihst du mir?"

Mir fielen meine Gedanken vom Krankenhaus wieder ein.

„Ich habe dir doch verziehen, hast du das nicht gemerkt?"

Wir verbrachten den Tag bis gegen 17 Uhr zusammen, da musste Anja wieder arbeiten. Nachdem ich zwei Stunden geschlafen hatte, ging ich noch zum Seebeck bei Anja auf ein Bier vorbei. Tobias kam gegen später noch, ich fühlte mich wieder wohl unter Freunden. Weil ich noch nicht fit war, ging ich relativ früh nach Hause. Anja versprach am nächsten Morgen vorbei zu schauen und zum Arzt musste ich dann auch.

Bunger wollte sich eigentlich melden, aber ich hörte den ganzen Tag nichts von ihm. Mit dem Ausgang der Geschichte, wäre ich, so wie sie jetzt war, ganz zufrieden. Es schien alles wieder so zu sein, wie vorher. Als ich dann allein in meiner Wohnung war, bedrückte mich etwas. Ich spürte das Auto der Polizei vor meinem Haus und wusste, dass doch noch nicht alles vorüber war. Ich dachte auch erneut an Susie. Wie es ihr jetzt wohl erging?

Bunger hat auch am nächsten Tag nicht angerufen. Überhaupt verlief der Tag so ähnlich, bis auf dem Arztbesuch, wie der Tag zuvor. Anja ging abends wieder arbeiten, sie hatte die Mittagsschicht frei gehabt. Abends rief dann doch Bunger an.

„Entschuldigen sie, dass ich nichts von mir hören ließ, aber ich hatte soviel zu tun. Wenn sie wollen, können sie morgen Susie sehen."

Wollte ich das? Ja, schon wegen Anja. Ich musste Susie erzählen, dass wir wieder zusammen waren. Wir verabredeten uns auf nachmittags, am Morgen würde ja Anja wieder kommen.

Ich sagte Anja nicht, dass ich Susie sehen würde, ich sagte ihr nur, dass mich der Kommissar für eine Aussage brauchte. Sie bedauerte dies, sie hatte sich extra den Nachmittag freigenommen.

Bunger holte mich ab, Anja war noch da, auch er erwähnte Susie nicht, er wollte ja auch, dass ich mit Anja zusammen blieb.

Susie war in einem Ort in der Nähe von Böblingen untergebracht. Auf der Fahrt dorthin erzählte mir der Kommissar, was in den letzten Tagen geschehen war.

„Wir hatten Glück, bei der Sichtung der Sachen des Verletzten, er ist übrigens immer noch in Lebensgefahr, fanden wir Schlüssel und einen Hinweis auf eine Wohnung. Dort fanden wir den Mann, der uns schon bekannt war. Ahnungslos wartete er auf die Rückkehr seines Komplizen, er ließ sich anstandslos festnehmen. Wir versuchen jetzt schon die ganze Zeit, etwas aus ihm herauszubekommen, aber er schweigt wie ein Grab, will von der ganzen Sache nichts gewusst haben. Wir wissen immer noch nicht, um was es genau geht, wir vermuten, dass es sich um Rauschgift handelt, aber wir haben überhaupt keine Anhaltspunkte. Ich hole jetzt Frau Merder zu einer Gegenüberstellung ab. Sie hat den Mann schon einmal gesehen, hoffe ich."

„Heißt das, dass die Geschichte für mich erledigt ist?"

Ich glaube ja. Für sie und für Frau Merder. Wenn wir noch wissen, was für eine Rolle Frau Merders früherer Freund bei der ganzen Sachen gespielt hat, dann wäre eigentlich alles klar. Die zwei Männer, die ein Interesse daran hatten, Frau Merder verschwinden zu lassen, haben wir. Und damit dürfte voraussichtlich auch die Gefahr beseitigt sein. Aber um das endgültig sagen zu können, müssen wir noch mehr wissen."

Das, was der Kommissar da erzählte, fand ich eigentlich sehr angenehm. Es bedeute, dass ich wieder zu meinem normalen Leben zurückkehren konnte, obwohl Spuren würde dieses Erlebnis so oder so bei mir hinterlassen.

27

Da stand sie also, ihr schien es gut zu gehen. Sie umarmte mich und wollte mich küssen.

„Was hast du?", fragte sie mich irritiert.

„Ich muss mit dir reden."

„Komm", sagte Bunger zu seinem Kollegen, „lassen wir sie alleine."

Ich wusste nicht, was ich ihr sagen sollte. Wir waren ja nicht zusammen. Der Zorn, den ich auf sie bei der Verfolgungsjagd hatte, war wieder verflogen. Sie gefiel mir nach wie vor und leid tat sie mir sowieso. Wie ein Bruder wollte ich schon einmal zu ihr sein.

„Nun?", fragte sie, als wir alleine waren.

„Wie geht es dir."

„Ich weiß schon, du willst mich nicht mehr."

Nein, so war es nicht.

„Wir hatten noch nie etwas miteinander."

„Nein? Was dann?", fragte sie ärgerlich.

„Ich habe mich mit Anja wieder ausgesöhnt."

„Ach! Und jetzt kannst du mich nicht mehr gebrauchen."

Was war das jetzt wieder, wir waren doch nie ein Liebespaar.

"Ich habe schon verstanden. Die Sache ist vorüber, ich verschwinde wieder, ich komme auch ohne dich zurecht."

So wollte ich die Geschichte mit Susie nun auch nicht enden lassen. Wir hatten die letzten Wochen einige Dinge gemeinsam durchgemacht. Ich nahm sie unvermittelt in den Arm. Sie stieß mich weg.

„Lass das, ich will das nicht mehr."

„Können wir vernünftig miteinander reden?", entgegnete ich etwas hilflos.

„Was meinst du damit?"

„Ich möchte keinen Streit mit dir. Wir haben die letzten Wochen einiges durchgemacht. Ich möchte, dass wir Freunde bleiben. Ich möchte dir auch weiter helfen."

„Ich brauche keine Hilfe, nicht mehr, ich komme auch alleine zurecht", sagte sie trotzig.

„Jetzt auf einmal. Es ist noch nicht all zu lange her, dass du mich um Hilfe gebeten hast und ich habe dir geholfen", warf ich ihr beleidigt an den Kopf.

„Ach Gerd, ich weiß auch nicht, was mit mir los ist. Ich kann doch nichts für die ganzen Geschehnisse. Ich hätte dich gerne im Krankenhaus besucht, aber ich durfte nicht", klang sie jetzt wieder verzweifelt. Sie wollte weiterreden, ich unterbrach sie.

„Betrachten wir es einmal nüchtern. Haben uns nicht die Umstände zusammengebracht? Was wäre gewesen, wenn du nach dem Abend ganz normal nach Trier gefahren wärst? Hätten wir uns dann jemals wieder gesehen?"

Sie schwieg. Tränen stiegen ihr in die Augen. Weinerlich sagte sie dann: „Das weiß ich nicht, aber ausschließen möchte ich es auch nicht."

Ich nahm sie wieder in dem Arm, diesmal stieß sie mich nicht weg.

„Sieh mal, du warst weg und dann kam Anja. Ich liebe Anja."

„Und wie soll es nun weitergehen?", fragte sie.

Das musste zunächst Bunger entscheiden. Wenn der Fall endgültig ausgestanden war, dann konnte ich ihr erst eine Antwort auf ihre Frage geben.

Der Kommissar nahm auch mich zur Gegenüberstellung mit. Susie erkannte in dem Festgenommenen den Mann, der ihr immer die Lebensmittel gebracht hatte.

Ich konnte nicht weiterhelfen. Bunger spielte mir ein Tonband mit der Stimme des Gangsters vor, aber ich erkannte diese nicht als demjenigen gehörend, welcher mich zusammengeschlagen hatte. Zur Vorsicht sollte Susie noch ein paar Tage bei dem Kollegen von Bunger bleiben. Er wollte erst noch ein Geständnis von dem Verhafteten. Ein Polizist brachte mich gegen 18 Uhr nach Hause. Der Streifenwagen in Zivil wurde abgezogen.

Anja war noch bei mir in der Wohnung ich hatte ihr mittlerweile einen Schlüssel gegeben.

„Ich habe mir auch noch den Abend freigenommen, ist das in Ordnung?"

Natürlich war das in Ordnung. Sie kochte uns etwas und beim Abendessen erzählte ich ihr ausführlich, was am Nachmittag war, auch das mit Susie, ich wollte in Zukunft keine Geheimnisse mehr vor ihr haben.

„Dann habe ich dich in Zukunft endlich ganz alleine?", fragte sie immer noch misstrauisch.

„Du hattest mich die ganze Zeit schon ganz alleine. Ich hoffe du begreifst das endlich", entgegnete ich ihr ärgerlich.

„Ist schon gut", sagte sie beschwichtigend.

28

Ich saß mit Anja vor dem Fernseher, wir kuschelten ein wenig, nachdem wir zu Abend gegessen hatten. Es war gegen 21 Uhr, als es klingelte. Ich sah Anja fragend an, aber sie zuckte nur mit den Achseln. Also ging ich in den Flur und fragte in die Gegensprechanlage, wer da sei.

„Ich bin es."

Susie, wo kam die jetzt her, die sollte doch bei Bungers Freund sein.

„Machst du bitte die Tür auf oder komme ich ungelegen?", sprach sie fast flehentlich weiter.

„Ja, komm herauf."

Ich betätigte den Türöffner. Anja war aus dem Wohnzimmer gekommen.

„Wer ist es?"

„Susie."

„Was will die denn?", fragte sie misstrauisch.

„Ich weiß es nicht. Sie klang irgendwie komisch."

„Warum machst du ihr dann auf?"

„Bitte!?"

Anja hatte schon wieder diesen vorwurfsvollen Ton drauf. "Bitte, ja? Ich liebe dich, nur dich. Das Thema haben wir doch besprochen."

Anja ging wortlos zurück ins Wohnzimmer. Ich öffnete die Tür. Susie wurde herein gestoßen und hinter ihr erschien ein Kerl mit einer Pistole in der Hand.

„Ich kann nichts dafür", stammelte Susie, „er will mich umbringen."

„Halt endlich dein Maul und gib mir den Schlüssel."

„Was für einen Schlüssel?"

„Und du bist auch ruhig!", fuhr mich der Kerl an und fuchtelte mit der Pistole herum. "Bist du allein?"

Was sollte ich machen? Anja verschweigen. Vielleicht konnte sie irgendwie Hilfe holen. Anja nahm mir die Entscheidung ab. Sie trat aus der Wohnzimmertür.

„Nein, ich bin auch noch da", sagte sie nur.

„Sonst noch jemand?", fauchte er.

„Nein", erwiderte ich.

„Gut. Verhaltet euch ruhig, dann passiert euch nichts. Ich hole mir nur meinen Schlüssel, den mir die Schlampe geklaut hat, dann verschwinde ich wieder."

Ich verstand immer nur Schlüssel, wollte noch einmal fragen, verkniff es mir aber, als er wieder mit der Pistole fuchtelte.

„Sag mir jetzt wo der verdammte Schlüssel ist, ich brauche ihn, sonst bin ich ein toter Mann."

„Warum hast du meine Schwester umgebracht?"

„Ich habe deine Schwester nicht umgebracht. Gib mir jetzt den Schlüssel!"

Er ging wütend auf Susie zu und schlug sie mit der flachen Hand ins Gesicht. Dabei war er ein paar Augenblicke unaufmerksam, Susie nützte dieses und entriss ihm die Pistole. Sie zielte auf ihn und ging ein paar Schritte zurück.

„Warum hast du meine Schwester umgebracht?"

„Schieß doch. Du traust dich doch nicht", lachte er. "Komm gib mir den Schlüssel, die Pistole kannst du behalten, wenn sie dir gefällt."

„Warum? - Sag mir, warum du meine Schwester umgebracht

hast?"

„Bekomme ich dann den Schlüssel?"

„Ja."

„Na schön. Ich wollte sie nicht umbringen. Aber du warst ja nicht da, musstest unbedingt fort. Ich wollte nur ein wenig mit ihr rummachen. Aber die blöde Kuh hat sich gewehrt und blöd rumgeschrien. Ich habe sie festgehalten ..."

„Du hast sie erwürgt!", schrie Susie außer sich.

„Nein, nein. Ich habe sie nur am Hals gehalten und ein wenig geschüttelt, weil sie immer hysterischer Schrie ..."

„Du Schwein hast sie erwürgt!"

„Nein, nein, das wollte ich nicht. Aber plötzlich wurde sie ganz still und ruhig. Ich wollte sie nicht umbringen, wirklich nicht, das musst du mir glauben."

„Dafür bringe ich dich jetzt um. Was hast du Schwein mir alles angetan. Mir die große Liebe vorgespielt. Dabei hast du mich nur ausgenützt, weil du nach dem Knast keine Wohnung und kein Geld hattest."

„Nein, das stimmt nicht. Ich habe dich wirklich geliebt. Wenn du nicht ausgegangen wärst an diesem Abend, wäre auch überhaupt nichts passiert. Deine Schwester würde noch Leben und ich hätte die ganzen Probleme nicht. - War das der Kerl?", er deutete auf mich.

Ich schaute erst nach Susie, aber die war voll auf ihren früherer Freund fixiert, das war er wohl, dann nach Anja, auch sie starrte ihn unbeweglich an.

„Und warum hast du ihr das Gesicht zerschnitten?", fragte ich ihn nun.

„Was hat er?", schrie Susie dazwischen, das wusste sie

anscheinend immer noch nicht. Sie hielt krampfhaft die Pistole auf ihn gerichtet.

„Nein, nein, das war ich nicht, das waren die beiden Idioten, die sie entsorgt haben."

„Dafür bringe ich dich jetzt um, du Schwein!", Susie machte einen Schritt auf ihn zu, die Pistole im Anschlag.

„Tu es nicht", brüllte nun Anja dazwischen, „er ist es nicht wert, dass du dafür ins Gefängnis gehst."

„Was weißt du schon!", keifte Susie zurück und machte einen weiteren Schritt auf ihn zu.

„Jetzt reicht es mir aber, gib mir endlich den Schlüssel, damit ich verschwinden kann." Auch er machte einen Schritt auf Susie zu.

„Bleib stehen, sonst erschieße ich dich!"

„Dann tu es doch", lachte er.

„Ruf die Polizei an", befahl mir Susie.

„Du tust gar nichts", sagte er zu mir. "Und jetzt ist Schluss."

Er ging plötzlich auf Susie los, ich wollte ihn noch zurückreisen, aber dann fielen schon die Schüsse. Susie schoss viermal. Er blieb abrupt stehen, schaute alle der Reihe nach ungläubig an und fiel einfach um.

„Mein Gott, was habe ich getan", schluchzte Susie los und ließ die Pistole fallen. Ich schaute Anja und sie mich an. Anja nahm Susie in den Arm und führte sie ins Wohnzimmer. Ich rief bei der Polizei an. Bunger war nicht da, aber ich wollte nur ihn sprechen. Er rief zwei Minuten später zurück.

Ich erzählte ihm alles. Er hörte zu.

„Wir sind ihn zehn Minuten da", sagte er am anderen Ende nur.

Zuerst kam der Krankenwagen. Aber der Arzt konnte nur noch den Tod feststellen. Kurz darauf kam auch Bunger mit einigen seiner Kollegen.

Nachdem er alles angeschaut hatte, nahm er mich auf die Seite.

„Sie können nicht in der Wohnung bleiben, wir müssen das hier alles erst untersuchen, das kann Stunden dauern. Frau Merder müsste ich eigentlich mitnehmen, aber das möchte ich jetzt nicht, die ist ja fix und fertig. Meinen sie, sie könnten mit Anja reden?"

Nachdem die Schüsse gefallen waren, versuchte Anja Susie zu trösten. Aber sie war völlig aufgelöst. Der Arzt gab ihr eine Spritze, dann wurde sie ruhiger.

Ich nahm Anja auf die Seite und erklärte ihr die Situation. Wahrscheinlich ist es ihr nicht leicht gefallen, aber sie stimmte zu, dass wir alle drei in ihrer Wohnung übernachteten. Ich packte mir ein paar Sachen zusammen. Als wir aufbrechen wollten, hielt Bunger Susie plötzlich am Arm.

„Was ist mit dem Schlüssel?"

Susie ging völlig apathisch an einen meiner Küchenschränke, holte aus einer leeren Vorratsdose einen Schlüssel hervor und übergab ihn wortlos an Bunger. Ich sah ihm an, dass er weiter fragen wollte und schüttelte den Kopf.

„Na gut. Aber ich komme Morgen früh vorbei."

Anja hat Susie ein Bett auf ihrer Couch zurecht gemacht. Sie legte sich hin und schlief, wahrscheinlich wegen des Beruhigungsmittels, sofort ein.

Wir konnten noch nicht schlafen und saßen Bier trinkend und rauchend in der kleinen Küche.

„Hast du sie geliebt?", fragte dann Anja nach langem Schweigen.

Was wollte sie wissen? Ob ich mit ihr im Bett war oder was sonst? Ich hatte ihr noch nicht erzählt, was an diesem einen

Wochenende, bevor ich niedergeschlagen wurde, war und ich würde es ihr auch nicht erzählen.

Das mit Susie war endgültig vorbei. Sie tat mir zwar unendlich leid, aber ich war mir inzwischen völlig sicher, dass ich Anja liebte, dass ich mit ihr mein weiteres Leben zusammen sein wollte. Aber mit Susie verband mich etwas, das auch eine Art Liebe war, aber mehr die Liebe oder Freundschaft oder wie man es immer nennen wollte, die man zu sehr guten Freunden. Vielleicht wäre es anders gekommen, wenn ich Susie in einer anderen Situation kennen gelernt hätte und wenn Anja nicht dazwischengekommen wäre.

„Liebst du sie noch?", fragte sie weiter, weil ich nicht antwortete.

„Ich kann diese Frage nicht mit ja oder nein beantworten. Versteh mich bitte nicht falsch."

Wieder musste ich nachdenken, um die richtigen Worten zu finden

„Ich habe Susie kennen gelernt, bevor ich dich richtig kannte. Es war aber keine Bettgeschichte. - Und ich habe dadurch auch dich richtig kennen gelernt. Ich habe mich falsch verhalten, weil ich dir nicht gleich erzählte, dass Susie bei mir wieder aufgetaucht und in der Wohnung ist. Ich kannte aber auch dich noch nicht genügend, sonst wäre das nicht passiert. Ich mache dir deshalb keinen Vorwurf, sondern mir."

Sie reagierte nicht, hörte nur zu.

„Deine Reaktion empfand ich als völlig überzogen, weil ich mir eigentlich nichts vorzuwerfen hatte. Ich war dir nicht Untreu geworden. Untreu nur in dem Maße, dass ich dich nicht sofort eingeweiht habe, aber wie schon gesagt, ich kannte dich einfach noch zu wenig. Und es hat mich schon gekränkt, dass du mir keine Chance gegeben hast, dir die Situation zu erklären."

Ich wartete auf eine Reaktion von ihr, aber sie schaute mich einfach nur an, ich hatte ja auch ihre Frage noch nicht beantwortet.

„Wenn ich Susie in einer anderen Situation kennen gelernt hätte, dann hätte vielleicht eine Beziehung daraus werden können, das möchte ich nicht abstreiten. Vielleicht auch nicht, eine hübsche Figur allein genügt nicht. Es gehört mehr dazu."

Sie hörte mir einfach zu und sah mich an und lächelte. Unsicher überlegte ich weiter, wie ich ihr das erklären sollte.

„Wir waren mehr oder weniger nie ungezwungen zusammen, es waren immer die Ereignisse dazwischen und sie brauchte einfach einen Halt, weil sie sonst niemand hatte. Wenn ich es gewollt hätte wäre sie mit mir sicher ins Bett gegangen, aber ich hätte nie gewusst, ob sie es nur situationsbedingt getan hätte. Ich finde sie sympathisch, aber glaube mir, dich liebe dich."

Sie sagte immer noch nichts, beugte sich aber über den kleinen Küchentisch und küsste mich.

„Und wie soll ich ihr Morgen früh begegnen?", fragte sie.

„Sieh ihn ihr eine Freundin, die in Schwierigkeiten ist und der man helfen muss."

Nach dem dritten Bier gingen wir dann doch zu Bett, wir hatten weiterhin schweigend am Küchentisch gesessen. Im Bett lagen wir eng umschlungen noch lange wach. Wir mussten die Ereignisse erst verarbeiten.

Das Klingeln des Telefons weckte mich am nächsten Morgen, es war Bunger.

„Habe ich sie geweckt? Ist Frau Merder schon wach? Wie geht es ihr? Ich muss sie kurz sprechen."

Bunger war mir noch zu schnell, ich war noch ganz verschlafen.

„Moment, ich schaue nach ihr."

Ich ging ins Wohnzimmer.

„Sie schläft noch."

„Wecken sie Frau Merder bitte auf, ich muss sie ganz dringend etwas fragen."

Ich schüttelte Susie vorsichtig an den Schultern. Erst als ich sie kräftiger rüttelte, machte sie die Augen auf.

„Was ist?", fragte sie verschlafen und sehr schwach.

„Der Kommissar, er will dich etwas fragen."

Das war wohl das Stichwort, dass sie an die vergangene Nacht erinnerte, sie fing sofort zu weinen an. Ich gab ihr trotzdem das Telefon.

„Es geht schon", sagte sie schluchzend. "Der Schlüssel passt in ein Schließfach am Bahnhof in Trier. - Nein, ich weiß nicht, was darin ist. - Ein Paket, ich habe es dort eingeschlossen."

Sie gab mir wortlos das Telefon zurück.

„Ich glaube im Moment besteht keine Gefahr für euch. Bleibt bitte im Haus, ich schicke noch einmal den Arzt vorbei wegen Frau Merder. Ich fahre jetzt nach Trier, wenn ich zurück bin, komme ich vorbei, ich habe noch ein paar Fragen und auch Neuigkeiten."

Ohne Unterbrechung hatte er diese Sätze gesprochen und dann einfach aufgelegt.

Wieder tat mir Susie unendlich leid, wie sie, ein Häuflein Elend, da auf dem Sofa saß. Zum Glück war Anja jetzt auch aufgestanden und nahm sich der weinenden Susie an, versuchte sie zu trösten.

Mit den Worten: „Ich mache Frühstück", ging ich in die Küche. Ich öffnete schnell ein Fenster, der abgestandene Rauch war unerträglich. Als die Kaffeemaschine lief, machte ich mich im Bad ein wenig frisch und putze mir die Zähne. Als ich wieder ins Wohnzimmer trat, weinte Susie immer noch und Anja versuchte sie weiter zu beruhigen.

„Was habe ich bloß getan?", schluchzte sie in meine Richtung.

„Nichts, was du nicht machen musstest, er hätte uns sonst alle umgebracht, du hast uns das Leben gerettet."

Überzeugt war ich nicht von dieser Aussage, aber vielleicht tröstete Susie das. Und sie hörte tatsächlich mit Weinen auf.

Eigentlich wollte ich Susie beim Frühstück fragen, was denn gestern genau passiert war, ließ es aber, sie wirkte abwesend, aß nichts, trank nur einen Kaffee. Anja war an diesem Morgen anders als sonst. Sehr nachdenklich, kein Lächeln, kein Kuss.

„Was hast du?", fragte ich sie, als wir alleine waren. Der Arzt war gekommen und mit Susie ins Wohnzimmer gegangen, um sie noch einmal zu untersuchen.

„Ich weiß nicht?"

„Was heißt das?", schaute ich sie besorgt an.

„Bitte halte mich!"

Ich nahm sie in den Arm, drückte sie fest an mich und dann weinte auch sie los.

„Ich muss das alles erst verarbeiten, man ist nicht jeden Tag dabei, wenn jemand erschossen wird."

Ich drückte sie noch fester an mich und sagte nichts, was hätte ich auch sagen sollen, mir ging es irgendwie genauso. Nur durch die Ereignisse der vergangenen Wochen, war ich etwas abgebrühter. Ich hatte ja ständig eine Steigerung erlebt.

„Was ist jetzt mit Susie?", fragte Anja, nachdem sie sich etwas beruhigt hatte.

„Bunger hat gesagt, dass wir einfach hier in der Wohnung warten sollen, bis er kommt."

„Sie kann hier bleiben, wir helfen ihr, ich habe mir das überlegt. Du kannst dich ihr gegenüber auch ganz ungezwungen Benehmen, ich habe mich damit abgefunden, dass du sie näher kennst."

Ich wollte etwas entgegen...

„Nein. - Ich hatte vor dir auch Bekanntschaften, also lassen wir das Thema, es ist nun einmal so. Aber eines bitte ich dich, bringe mich nie wieder, hörst du, nie wieder, in eine solche Situation."

„Ich liebe dich", und jetzt küssten wir uns.

Susie schlief wieder, als der Arzt ging, er hatte ihr noch eine Beruhigungsspritze gegeben.

Ich war die ganze Woche noch krank geschrieben, musste also nicht zur Arbeit. Anja blieb auch zu Hause, Der Wirt gab ihr frei, als sie ihm in Stichworten erzählte, was sich ereignet hatte.

Wir mussten bis kurz vor 16 Uhr warten, bis Bunger endlich kam. Susie hatte die ganze Zeit geschlafen und auch wir hatten uns noch einmal hingelegt, auch wir waren noch ziemlich erschlagen von den Ereignissen der vergangenen Nacht.

„Wussten sie, was in dem Paket war?", begann Bunger nicht gut gelaunt das Gespräch.

„Nein, er hat es mir nur gegeben und gesagt, ich solle es in Trier am Bahnhof in ein Schließfach einschließen und ihm den Schlüssel bringen. Ich hatte den Schlüssel in meiner Handtasche, als ich mit dir fort war", sah sie mich an.

„Der Mann, der mich gefangen hielt, hat mich immer nach dem

Schlüssel gefragt, aber ich hatte ihn verloren und wusste nicht wo. Erst später fiel mir ein, dass ich meine Handtasche bei dir im Auto zunächst vergessen hatte. Als ich nach der Handtasche griff, muss der Schlüssel herausgefallen sein, die Tasche war offen. Als wir in die Disco fuhren, habe ich den Schlüssel in deinem Auto wieder gefunden."

„Und warum hast du nichts von dem Schlüssel erzählt?", schaute ich sie fragend an.

„Und warum haben sie den Schlüssel nicht sofort zu mir gebracht?", fiel mir der Kommissar verärgert ins Wort. "Sie hätten uns viel Arbeit ersparen können, vor allem hätte es einen Toten weniger gegeben. Wir wussten ja nicht, dass ihr Freund der Anführer war. Wir haben in ihm eher ein Opfer vermutet."

Bunger war nicht gut auf Susie zu sprechen.

„Mir stinkt die Geschichte. Ich habe schon Verständnis dafür, dass die Situation nicht leicht für sie war. Aber ich wollte ihnen helfen und Herr Merl auch. Und sie haben uns belogen, waren einfach nicht ehrlich zu uns. Ich sage es noch einmal, das stinkt mir."

Keiner sprach mehr etwas, wir saßen nur alle vier sehr betroffen da.

„Was war jetzt in dem Paket?", unterbrach ich dann das Schweigen zu Bunger gewandt.

„Es war ein Kilo Kokain."

„Und wissen sie wie der Kerl daran kam?"

„Noch nicht genau, wir können ihn ja nicht mehr fragen", sagte er immer noch sehr ärgerlich Richtung Susie.

Schluchzend saß sie da. Anja nahm sie wieder in den Arm. Ich weiß nicht, ob sie Verständnis für ihr Verhalten aufbrachte, aber

Leid tat sie ihr bestimmt. Meine Gefühle für Susie hatten sich mittlerweile stark verändert. Mir kam immer wieder der Gedanke, dass sie mich nur benutzt, bewusst benutzt, hatte. Aber, wenn ich sah, wie das Häuflein Elend dasaß, glaubte ich wieder nicht, dass sie so berechnend war.

„Am liebsten würde ich sie einsperren, nicht zur Strafe, aber damit sie sehen, dass das alles kein Spiel war."

Wieder schwiegen wir alle betroffen.

„Kann sie weiterhin hier bleiben?", fragte Bunger in Richtung Anja, „wenigstens bis der Komplize geredet hat, damit ich endlich weiß, was noch alles hinter der Sache steckt?"

Anja nickte nur. Sah mich an, ich nickte auch.

29

Die nächsten beiden Tage hörten wir nichts von Bunger. Unsere Stimmung war nicht besonders. Susie fing sich langsam wieder. Anja ging arbeiten, um sich abzulenken. Bunger kündigte sich dann telefonisch an, Anja war auch da, als er kam.

„So, jetzt kann ich euch endlich die ganze Geschichte erzählen, der Fall ist gelöst, der Komplize hat gesungen", zufrieden lächelnd sah er uns und wir ihn erwartungsvoll an.

„Dieser Rolf und seine zwei Komplizen wollten ins Rauschgiftgeschäft einsteigen. Zu diesem Zwecke hat dieser Rolf bei einem Dealer als Leibwächter gearbeitet. Bei einer Drogenübergabe ist irgendetwas schief gelaufen und Rolf ist mit dem Kilo Kokain abgehauen, es muss eine Schlägerei gegeben haben.

Das Paket hat er bei ihnen Frau Merder gelassen. Und weil dieser Dealer hinter ihm her war, hat er sich in dieses Haus hier im Nachbarort verzogen, dieses gehört einer Freundin von demjenigen, der bei der Verfolgungsjagd schwer verletzt wurde, die war gerade im Urlaub. Aber der Dealer hat herausgefunden, wo er sich aufhielt und ist hier aufgetaucht und wollte sein Kokain wieder. Weil er nichts sagen wollte, hat man ihn wieder verprügelt. Und dann hat er sie Frau Merder angerufen und ihnen gesagt, dass sie das Paket, das Kokain, in ein Bahnhofsschließfach einschließen und ihm den Schlüssel bringen sollen. War es so?"

Susie nickte.

„Er wollte verschwinden, nachdem er den Schlüssel gehabt hätte, wartete aber noch auf seine beiden Komplizen. Was die dann mit ihnen und ihrer Schwester gemacht hätten, weiß ich nicht?", sah er wieder Susie an.

„An dem Abend als sie, Herr Merl, mit Frau Merder aus waren und nachdem er ihre Schwester ermordet hatte, bekam er wieder Besuch und weil er wieder das Kokain nicht herausrücken konnte, haben sie ihn krankenhausreif geschlagen, deshalb war er auch von der Bildfläche verschwunden. Die Zwei haben ihn bei einem weiteren Bekannten untergebracht, er war nur knapp dem Tod entkommen. Er konnte deshalb keine Befehle geben. Deshalb hat man auch Frau Merder gefangen gehalten. Er musste erst wieder auf die Beine kommen.

Er hatte sich dann weitgehend erholt und brauchte dringend den Schlüssel zu dem Schließfach. Als dann seine Komplizen plötzlich verschwanden, hat er selbst nach ihnen Frau Merder gesucht.

Er musste nur ihr Haus beobachten, er wusste von seinem Komplizen wo sie war. Deshalb hat er auch Frau Merder bei meinem Kollegen gefunden. Wieder meine Schuld, ich war immer zu sorglos, aber man lernt nie aus", entschuldigend sah er mich an.

„Es besteht jetzt keine Gefahr mehr, ich habe in Unterweltkreisen verbreiten lassen, dass wir das Kilo Heroin gefunden haben. Und von Frau Merder oder ihnen wissen die nichts, haben auch kein Interesse an ihnen."

Zu Susie gewandt sagte er: „Wenn sie wollen, können sie jetzt nach Hause. Ich habe mit der Staatsanwaltschaft geredet. Sie dürfen Deutschland nicht verlassen, müssen uns auch immer ihren Aufenthaltsort mitteilen, aber man wird sie nicht einsperren. Es wird eine Verhandlung geben, aber bis dahin sind sie auf freiem Fuß."

Als Bunger gegangen war saßen wir zu dritt zusammen.

„Wenn du willst, kannst du noch ein paar Tage hier bleiben", bot Anja Susie an. Ich war überrascht, damit hatte ich nicht gerechnet.

„Danke, aber ich werde Morgen wieder nach Trier fahren. Ich habe euch genug Schwierigkeiten bereitet, ich wollte das alles nicht", sie kämpfte wieder einmal mit den Tränen und sprach dann doch weiter.

„Ich wollte ihn dir nicht wegnehmen, glaubst du mir das?", fragte sie Anja, sie antwortete nicht.

„Ich habe mich so mies benommen, aber frag mich bitte nicht warum. Ich bin nicht so. Mir ist das alles nur über den Kopf gewachsen. So verzweifelt und elend habe ich mich oft gefühlt und Gerd war dann immer wieder ein Halt. Aber glaube mir bitte", sagte sie wieder zu Anja gewandt, „ich wollte ihn dir nicht wegnehmen."

Sie antwortete immer noch nicht. Ich kannte die Situation. Anja konnte einen einfach nur ansehen, nicht drohend oder lächelnd und man meinte dann immer noch eine Erklärung schuldig zu sein.

„Als ihr den Streit hattet, wollte ich mit dir reden, aber Gerd wollte es selbst ins Reine bringen. Manchmal, das gebe ich zu, habe ich auch gehofft, dass ihr euch tatsächlich trennt."

Jetzt schwieg Susie und Anja nahm sie tatsächlich in den Arm.

„Wenn du Schwierigkeiten hast und nicht mehr weiter weist, dann kannst du mich anrufen, wenn du willst, werde ich dir eine Freundin sein."

„Danke", schluchzte Susie und hielt Anja umschlungen.

Nach allem, was schon wegen Susie geschehen war, hatte ich diese Reaktion von Anja nicht erwartet, sie verblüffte mich immer wieder aufs Neue. Und ich wusste in diesem Moment, das meine Wahl, die einzig Richtige war, ich liebte Anja.

Sie war es auch, die darauf bestand, dass ich Susie nach Trier fuhr. Nicht nur, weil sie arbeiten musste, ließ sie mich alleine fahren. Nachdem sie jetzt alles wusste, fast alles, vertraute sie mir und das konnte sie in Zukunft auch.

Ich fuhr Susie in ihre Wohnung und half ihr noch etwas beim Aufräumen. Wir sprachen nicht viel miteinander.

„Kommst du alleine zurecht?", fragte ich sie, als ich mich verabschiedete.

„Ich muss wohl, es bleibt mir keine andere Wahl", sagte sie nur.

Wir umarmten uns zum Abschied. Auch ich hatte ihr noch einmal gesagt, dass sie, wenn sie Hilfe bräuchte, jederzeit anrufen könne. Auf der Heimfahrt ging ich in Gedanken noch einmal die ganzen Erlebnisse der letzten Wochen durch. Als ich das Ortsschild von Rutesheim passierte riss die Wolkendecke zum ersten Mal an diesem Tag auf. Ich ging sofort zu Anja zum Seebeck und als sie mich anlächelte und mit einem flüchtigen Kuss begrüßte, wusste ich, dass die Geschichte endgültig ausgestanden war und ich zu meinem früheren Leben zurückkehren konnte, was allerdings auch nicht stimmte.

30

Anja und ich wollen bald heiraten. Ich wurde nicht Vater. Sie versicherte mir immer wieder, dass das eine Gemeinheit von ihr gewesen sei, mir mit einer Schwangerschaft ein schlechtes Gewissen zu machen. Und ich habe ihr geglaubt und verziehen, weil sie wirklich die Richtige für mich ist. Meine Kumpels vom Vereinesheim sehen mich zwar etwas weniger, aber Anja hat auch Verständnis, wenn ich beim Kartenspielen ab und zu versacke, als Bedienung hat sie ja mitbekommen, dass dies keine böse Absicht ist, sondern sich gelegentlich einfach so ergibt.

Mit Kommissar Bunger habe ich eine richtig gute Freundschaft entwickelt.

Ich habe Susie nur noch einmal getroffen. Die Staatsanwaltschaft hat sie wegen Totschlags angeklagt. Anja und ich waren als Zeugen geladen. Sie wurde freigesprochen, die Richter erkannten auf Notwehr. Ich fand das richtig. Sie hatte wegen diesem Kerl genug durchgemacht und ihre Schwester hatte er auch auf dem Gewissen. Wir gingen nach der Verhandlung zu viert zum Essen, Bunger war auch mitgekommen.
Anja und ich haben ihr angeboten, dass sie in unsere Nähe ziehen könne. Wir wollten ihr bei einem Neuanfang helfen. Sie lehnte aber ab, sie wollte in Trier bleiben, dort sind auch Bekannte und ihre Arbeitsstelle.
Ich weiß nicht, ob sie mich wirklich geliebt hat oder ob ich halt derjenige war, der gerade da war, als sie Hilfe brauchte.
Zu Anja sagte sie, als wir am Bahnhof Abschied nahmen:

„Entschuldige nochmals, ich wollte ihn dir nicht wegnehmen."

Sie nahm mich zum Abschied noch einmal in den Arm, drückte mich kräftig und küsste mich auf den Mund.

„Ich danke dir für alles, ohne dich ...", sie sprach den Satz nicht zu Ende, drehte sich um und verschwand schnell im Zug. Ich glaube sie hatte, wie damals am ersten Abend, Tränen in den Augen.